朱西甯作品集8

冶金者

朱西甯　著

目錄

三千年的深

他一直就是發燒，感覺到一頭大象重壓在身上，那粗糲滾圓的肚皮逼他不停的發喘。

找不到甚麼顯著的灰色而使人感到灰色的單身宿舍，從那沒有天花板的屋脊上叉下來兩排象肋，多少自裝的花線扯到每一張牀，接上收音機、枱燈，或者電水壺，大象的脈絡就是這樣的分佈而且錯亂。

他聽見自己乾焦的嘴唇說他要死了。在白天空寂的單身宿舍裏，聽見自己的聲音震盪出喤喤的回聲，喤喤的震落了多少象肋上的吊塵。誰也不能替誰生病，如同誰也不能為誰替死，最肯定的寂寞，牀頭有半漱口盃冷而且落上灰塵的豆漿，老是跟他要地靈黴素的老辛，似乎可也碰上用到他的時候，用大厨房的豆漿之類來報地靈黴素之恩。想吃點鹹的，便特意給他做一碗精細的疙瘩湯和醬菜。

「生病嘛，梁司藥，又不是別的。」臨去還叮嚀一陣：「想吃點甚麼，你儘管說，又不費事。」

老辛從沒有這樣光采過。一個人不費甚麼就還了人情債，總是這樣的光采。而老辛一點點分擔不了他的肯定的寂寞。他聽見自己喘着說他要死了。病房那邊老是謄不出牀位，白天單身宿舍是空寂的太平間，許多屍臺，只他這一具屍體，挺在這兒以便被整個世界丟棄。一入夜，單身宿舍又成了市場，業餘的音樂家們，賭徒們，輿論家們等等，在「老梁，好點了罷？」之後，熱烈的開始他們的業餘。而他們之中沒有誰肯業餘的送一杯開水過來。就是老辛也仍然是業餘的，像太陽斜到這樣的時辰，老辛該正在大廚房那塊凹得如同炒鍋的砧板前面，熱烈的斬剁，只想瞞過監厨，藏一塊淨肉留待乘涼時下酒。

老辛若是想起他，必然也是在想起他之前，先想到風火眼又要搽地靈黴素了。所以就說不上甚麼施捨和報答，都是利用職權，司藥贈藥，伙伕贈飯。大象重壓在身上，口裏苦而黏臭。服務在醫院裏而住不到病房，要診療也是等實習大夫業餘的過來打一針，所以老不退燒。平時都是相處不錯的；不是平時的時候，為何就只剩老辛早晚過來一下？

誰個放在窗口沒倒掉的洗臉水，反射一團光暈貼在沒有天花板的屋脊。太陽的靈魂掉落在那兒。那光暈可以浮動的；日蝕過去了，眼睛忽然寂寞，便搖晃面盆，看整團的光暈反射在屋脊上合久必分，分久必合的撕扯不清。屬于兒童的趣味，遠去了。

屬于病人的趣味，挺在單身宿舍裏的病人，眼睛敢情比日蝕過去更寂寞。而且更饞。來個甚麼人罷，不要開水，豆漿，或者實習大夫的注射。燒是退不了了，要甚麼都抵不上用，誰來幫忙動一動那窗臺上的臉盆罷，手在滾熨的身體上尋找，手尋找到沒繫帶子的短褲裏。但是太陽的魂靈死定在那兒，寂寞死定在那兒。不知道是誰殉葬誰。

熱潮湧來時，多少急驟的螺旋，向左急旋，向右急旋，然後許多急驟的螺旋擁擠而來，各不相讓，也是分久必合，合久必分的撕扯不清，却已不是趣味。不是兒童的趣味，不是病人的趣味。

將死的人了，讓我看一點甚麼罷，手在它撫摸的地方乞求着。然後他撐持着下牀，腦袋有一頭大象的重量，重得使他需要頭向下走過去，露出不見天日的蒼白的屁股，掀動了一下那個癟了幾處的鋁製面盆。

面盆裏的水，和他那個漱口盃的豆漿一樣，面上漂浮些不知所以的灰渣。多無聊，苦撐着過來，只為掀動一下面盆。

「好點了嗎，梁司藥？」

這一聲太冒失一些，褲子沒來得及提到腰裏。

「起得來了？」藥房的工友站在當門那裏。

「唔，洗洗手。」

摔到牀上，忘掉仰望屋脊上那活過來的光暈。白努力了這一趟。

「剛謄出一張牀位，還要麼？」

「怎麼不要！」屁股一定讓這小子看到了。真無聊。早不來，晚不來。

他閉上眼，很生氣，看來則是虛弱。分不清生誰的氣才合宜。

「你運氣好——頭等病房。」

工友幫他收拾牙刷和刮鬍刀。反射的光暈兀自在屋脊頂上扯動，一直沒有人觀賞，便漸漸沒趣的緩下來。

總還用不着擔架，撐到二樓二〇八病室，覺得眼眶裏燒旺了兩顆紅炭，眼瞳要掉落而止于掉到脚背上的一點點兒限度。他靠在門框上，腦袋折在一側。

「快躺下罷，梁司藥。」

護士跟過來扶他。面熟而需要請問芳名的一個小護士，這就不同了。已不是沒有一點點灰色而偏有灰色感覺的單身宿舍。這裏將可以逃開那頭重壓下來的大象，那象肋和象的脈絡。不用老辛了，不用被那許多空着的屍牀折磨，不用焦灼的等待那光暈動起來，也不用被「老梁，好點兒了罷」來奚落了，不用的很多很多，坐到牀沿兒準備躺下的工夫，有倦遊歸來，回到家裏的安心。

「才出院麼，這個大官病號？」他指指那雪白的枕頭，口乾燥的似乎要一片片的剝落。總是重要軍職的將校才住頭等病房。

「送太平間了。」小護士準備扶他躺下。

而他不要躺了；捱上一針似的略略震動了一下，又坐正了身子。彷彿牀上已經先躺着一個人在那兒，或者是一條蛇，他躺不下去，手撐在牀沿上，腦袋虛弱的垂得很低很低，我要來抵這個空缺了，抵一個重要軍職的將校缺。而那個將校現在睡在太平間。

「大夫不要的，只好我要了。」

太平老頭往屍車上擡呆號，總是這麼唸唸道道。一個誰也不知道而且避諱去請教姓甚名誰的苦老頭，家就住在醫院背後的田埂子上，老伴按時送過便當來。老見他空空一對白翳子眼睛，坐在一張不宜久坐的摺椅上，專要大夫不要的，且是這個世界不要的。那樣硬冷、侷促、而不安定的木椅，不宜久坐但他久坐在那兒，耐心的等候。

懷念起單身宿舍象灰的調子，那裏有人間烟火，入夜且有業餘的市聲。這裏全都漂白了，羽化的漂白，太平間屍布的漂白。

認命的倒下來，身子下面有一灘害怕沾上來的甚麼，小護士臉上一朵又一朵的嘲弄，然後是他閉上眼睛——關掉所有不祥的漂白。他聽見自己呻吟着活不了了。死亡把他抓得很痛。

不再是業餘了，溫度計插進口裏來。沒有業餘的死亡，單身宿舍沒有通到太平間去的路，而這裏，每一間病房，每一張病牀，條條道路都是專業的通到太平間去。牀墊給他不習慣的軟，躺在那個將校軟軟的身上。

他要睡回宿舍的硬板牀上去，那裏沒有睡在人身上的感覺。

「死到多少度了？」揉着痠痛的關節。探問小護士迎亮數那溫度計上的刻劃。

「等大夫來。」

「大夫還要我？」寒熱給他打不完的呵欠，致于顎骨打痠了。小護士翹起蘭花指甩動溫度計。聽見自己急促而濁重的呼吸，真就有英雄只怕病來磨的莫可奈何。

懷念起單身宿舍所有的缺點，面盆裏的水面上漂浮着來路不明的遊塵。若不是急于掩飾和沖淡屁股被工友看了去的尷尬，總不致回應那麼爽快，現在還該躺在灰色的單身宿舍裏，數那些象肋，那些象的脈管，和竄動在象肋上的太陽反射的光暈。

數着小護士輕不着地的脚步，數他不知多少熱度而一心要確知的體溫。數上多少多少，結果數出自己還有四個月的死會，每月三百元的會錢，身後怕要揹債了。數小護士輕不着地的脚步走回來。但又不像輕不着地的脚步聲了，重重的拖拉，漸漸又辨清那脚步拖拉在窗外走廊上。

我實在不要數了，錯亂而累乏，他聽見自己嗡嗡的勸解着自己。

嗡嗡的勸說，冒出嗡嗡的探問：

「梁司藥，你怎麼也病倒了？」

那嗡嗡的探問，來自臨着走廊的窗口。

「唔！」閉着眼回應過去。

「哪有這麼壯，也鬧病！」

張開眼睛尋找那嗡嗡的探問。

眼睛在他腫痛的臉上直直的發愣。

窗口下緣探進一張黃泡臉，一下巴又黃又稀的髭，眼瞳上罩一層白翳子。木痳黃樹梢襯在這個太平老頭的背上。

「小病。」強打起精神來，不要叫這個老頭看出他又快被大夫不要了。

「去罷，去罷，沒有多大要緊。」他催促着。

他有些煩，急于要把這個太平老頭打發走。佔了睡到太平間去的將校的遺缺，就已夠灰心了，誰知道這個不得人心的老頭怎麼不久坐在他的木椅上，跑到這裏來，而且還認得他是梁司藥。

「年輕人哪，身體可要緊。」

老頭幾乎有些依依，拖拉起一條不太靈活的腿，緩慢的走開。

掉向無底深谷，看得見自己張開四肢的身體懸空輪轉着下落，就也沒有止境的下落。

而拖拉的脚步居然又近了，走進病房裏來。

那罩有一層白翳子的眼睛確是空空的，一對空空的洞穴，準備陷人的空洞。

揮起枕木那樣沉重的胳膊揮了一下。「不是叫你去了嗎？」他真的煩了，急了。

「要點甚麼嗎？梁司藥？」

「我要大夫！走開！」

乏力的喊着，搥打着牀墊。

「別着急，我去替你喊大夫。」太平老頭笨重的重又在門口轉回身來。「用得着我的時候，梁司藥你儘管吩咐。」

那是怎麼說？老頭確是一番關切，一番美意。

然而蒼老微駝的濶背走出去了。太平老頭可曾有過空空雙手走出任何一間病房麼？

一股熱潮湧上來，又是那種紛雜的螺旋，頭枕在一堆荊棘上，燃燒的荊棘。

他聽見自己——又似乎是另一個誰在扎掙的喊叫，宣佈他完了，說他活不得了。

他沒有辯白，重又看見自己張開四肢的身體在掉向無底深谷的途中，懸空輪轉着下落，就也沒有止境的下落着。

那無底深谷是經過他肯定了的，不知道究有多深。

總有三千年的深罷。

一九六六年八月二十一日

哭之過程

算是離亂後的和平——似乎也容或是和平後的離亂，這都說不很清楚。也或者只是離亂與和平啣尾而來，而去，我們是處在輪迴的邊緣上，被不斷的重複着踐踏和提升，提升和踐踏。

算是剛剛知道愛因斯坦給這個世界弄來一個方程式，$E=mc^2$，還想不到要辨別那是造福造孽，我回到故鄉。說不很清楚的離亂與和平的方位，何者在前，何者在後，以及兩者之間的界線何在，那是紋身在我們民族的年代上和版圖上的兩片水彩，然後湮到一起，找着找着，來不及的就渾糊了。凝望着彩色的長窗，沉思着，我想認識一點甚麼。

原是兩種全不相同的元色，寒色和暖色，渾糊了。

這就如同彩色玻璃窗子透進來的光影，渾渾糊糊的一團。大體上倒還是辨別出一團紅，一團藍，以及一團和冬日陽光差不許多的暈黃。然而這裏留下了戰爭的烙印，曾被轟炸掉的樓角，修補了，仍然很明顯的看得出。一部分被震毀的歌德式長窗玻璃，戰後缺乏那種彩色玻璃，用毛玻璃代替，那是更明顯的烙傷的疤痕。

這種殘缺的向陽的彩色玻璃窗上，雪是融化差不多了，恍惚的光影塗上牧師反光的腦袋。兒時的感恩節彩蛋。英國籍老姑娘的周教士，總是用她親手染色的鷄蛋，回謝我父送她的羊腿。每年都是那樣。我不知道離家之後，那樣的交往曾否還能繼續下去。忘了問一聲那位周教士是哪一年被下到水牢裏。身旁，我父正捧着駝絨氈帽，低頭默禱。帽殼像一口大碗捧在手裏，我猜不出他老人家要祈求神賞賜甚麼投到他那等待的碗裏。

在以前，我也許猜得出，縱使那還是少不更事的年紀。親如父子也經不住過久的分離了。數得出的幾封家書，除掉電報式的竹報平安，便是一些燈謎；「你大哥的生意尚可維持」，大哥哪裏是做買賣的人？謎底便可能是「拉游擊還拉得下去」。那末，「三姐夫的當鋪」，敢情是還在幹着黨部的書記了。而乍乍的回來故鄉，烤火聊了通宵，此刻坐在教堂裏我仍不能猜出我父的心境究竟如何，我也許有些該死。母親在我的身上找不盡的淨是惹她老要擦眼淚的高興，那能使我感覺到周身都在很爭氣的向她盡着孝心；我的結壯、談吐、所吃的苦、已經高過我父半個頭的個子，特別是從前見了生人就紅臉的毛病也好了，所有這一切，即使從烏黑的絨襯衣上捉下每一隻丟進火盆裏的抗戰蝨，每一聲炸響，對于母親都是一個感動的音符。而我一直打轉在嘴邊兒上的那個關懷，一直問不出口。經過大堆的日子，沒有遮擋住她那副模樣，雀斑密密的小圓臉，還有瞇瞇的長眼睛。但是我們有過甚麼呢？一句頂簡單的話也不曾說過——當然她曾問過我：「拿着燈，出去迎接新娘的童女，有幾個愚拙的？幾個聰明的？」而我只豎豎五個指頭，那是不能算數的。我還記得，我很害怕一張口回答她，眼淚就要流出來。

恐怕正因為是這樣，才問不出口。「莊佩蘭呢？怎樣啦？」如果這樣的問一聲火爐四周的母親和嫂嫂們，必定惹起一張張大為驚訝的面孔朝着我。那末，再費多少唇舌，也不能叫家人相信我們甚麼也不曾有過，或者再算一算年齡，該要怎麼想呢？三個嫂嫂就要不知怎樣的譏笑我，有一百張口也辯不過。五嫂就曾冒冒失失的提起昭姐的事，但取笑我這個小叔取笑錯了，我看到母親沉下臉來。如果再拉扯出一個女孩——我猜她已是女孩的媽媽了——我真怕從我周身輻射的那些孝心，一下子在母親面前熄滅下去，我是擔待不起哪怕只是一星星的暗影打母親的心上掠過的那種罪過。

真的，不用說誰，就連母親也不能相信，那麼淡到不能再淡的，甚麼也沒有過的對于那麼一個大女孩，居然比昭姐更有份量的塞在我心裏，五六年——應該說是七八年了，一直的放不下思念。

我說過，那是偷得的一份情感，不敢見人的窩藏在心裏頂祕密的所在，就是那樣的。只有那首讚美詩，我公然的低吟着，才是唯一可以排遣的，吐訴的。

就是在那邊的唱詩班；給人一種人面桃花的低廻和感歎，我才是多大的人，就有這許多失落！大約這便是所謂離亂。那一小段黏人的旋律：「太遲，太遲，你們不能進來……」已成為這教堂的形象。一直這麼多年，此刻又強烈的纏繞上來，越發的驅散不去，清晨到園子裏去捉蛐蛐，或者去捕露水濕透了翅膀的蝴蝶做標本，就時常會碰上滿臉那麼黏人的蜘蛛網。

有一陣沒時沒完的哼哼那一段許多半音階的旋律，總是唱它不對，分外欲罷不能的重複着，重複得疲倦而感到精神的某些地方累得發瘆，終把七哥惹煩了，朝着我跺腳：「你是中了甚麼邪啦，從早到晚淨聽你牙疼是的！」我想我真像是中了邪；也不敢承認我在重三倒四的哼哼甚麼。後來七哥還是聽了出來，他說整整一本普天頌讚，就是那首詩最沒音沒調。我是多麼不服氣！

真疑心七哥辨不出好壞；要就是已經知道我那點可羞的癡，而存心打擊我。那天莊佩蘭和慈藹表姐獻這首詩，他又不是沒去做復活節禮拜，當真一點也不受感動麼？我才不信。而他不大可能知道我迷戀起那張滿是雀斑的小圓臉。想起有個鄉下的遠親弟兄倆，哥哥田如糖，弟弟田如蜜，我就猜想和慈藹表姐二重唱獻詩的大女孩應該姓田。雀斑撒落在白皙的小圓臉上，便是敷在白嫩的粽子上那種甜得煞喉嚨的黃鬆糖。可見我還停留在童年那種饞嘴的趣味裏。

然而在那樣的尷尬之年，却又有童年所不該有的刁狡；我跟慈藹表姐耍起心眼兒：

「復活節那天，妳跟那個姓田的姐妹獻的詩，是多少首啦？」

「真是，」慈藹表姐果然就上了當：「你怎麼把人家的姓都改了？」

在急欲知道她叫甚麼名子的那些日子裏，着實的叫人苦得要命。那就派她一個最美的名字罷；躺在帆布睡椅上，夏日傍晚的庭院裏剛洒過水，有一種暴雨後的土香。無數盆花的枝葉，像無數饒舌的更漏，滴着晶亮晶亮的珠珠，數着一種又一種花名，挑不出一個配得上她。只有紫雲英，似乎悅耳些，也似乎像個大女孩的名子。但是我父說過，那是一種最賤的花，而且我們都叫它的土名：滿天星。我們一陣子嘴饞起來，便會順手掐下它的葉子和梗子來嚼嚼。一點兒微微的酸，和葡萄鬚的味道很相似。這樣的賤花怎好配得上她那麼甜的人呢？實在是為了難尋難找的名子着迷得發熱的樣子。有個乘涼的夏夜，一天的密密的星，又想起那張滿是雀斑的小圓臉。就叫她小星罷，不知有多歡喜。一時不知要跟誰訴說尋它千百遍才忽然尋到的歡喜。那時大嫂懷的第四個孩子就快足月了，我說我要給她這個女兒取個名子。幾個嫂子比賽着生小子，一家人都希望大嫂這一胎生個小女孩。

取名子向來都是奶奶的專利。祖母說：「你倒說說看，不要太土了，甚麼英甚麼珍的。」

「保險一點也不土，小星，好不好？滿天星的星。」

首先是三嫂笑了，一個傳一個，都笑開來，六姐用巴蕉扇拍了我一下。「天下最壞的名子！特別是女孩子。」

儘管六姐給我講解了「小星」是個甚麼意思，我還是不能輕易就丟掉簡直是神來之筆的那番得意，一直暗中喚着那個雀斑姑娘，小星，小星，對于一個一想起又是心酸又是心慌的我那個女神，怎麼可以不知道她叫甚麼，叫她甚麼呢？原來一個人的名子有時會這般的重要，這般的苦惱人！

從慈藹表姐那兒剛一套到「莊佩蘭」這個可愛的名子，差不多就在第二天——或者是第幾天，不太記得了，在感覺上是和「立刻」差不多的——我是多麼難過的發現到了她的不幸！

那是給姨姨送葬，就在教會公墓緊靠墓道的一座石碑上，那樣的使我心酸而又心慌的發現到她的名子。

多使人震驚！她是個孤女。計算那墓碑上的年月，她已經失去父親五年多了。一些繾綣纏綿的哀傷的夢，我是有得編排了；給她穿上重孝，看着她泣成淚人的惹人憐愛得心碎的小樣兒……五年多以前，她該只有我這麼大，而她就那樣的孤單了……而我像她開始做孤女的這樣大的時候，多麼齊備的幸福！幾乎齊備得多餘而罪過。

我能為她做點甚麼呢？好像為要贖罪的，一口氣我放走了看做命一樣寶貝的一隻玉頂、三隻梅花頂、三隻猴頭、和一隻腦袋生得古怪的蛐蛐。那是長長的暑假裏，經過多少辛苦捉來，和人家鬪過多少次，才汰選出來的七隻驍勇善戰的蟋蟀，真是動人的犧牲。而那隻老被七哥誣為棺材頂的腦袋古怪的蛐蛐，簡直是從未鬪過敗仗的常勝軍，所以不管吉凶，我是把牠當做老帥，裝在最正牌的瓦質蛐蛐罐子裏，其他可都是湊合來的前門牌香菸聽子。

但是剛剛把這個老帥放出罐子，沒等牠舒開身跳走，忽然我相信牠應該負責莊佩蘭所有的一切不幸；或許牠真的是一隻棺材頂的蛐蛐。當初捉牠的時候，洞口有兩隻蠍子把門。那牠就是主凶的了。都是牠作祟害人呢。我急忙捉牠回來，狠狠摔在磚地上。在牠還在顫抖着一隻大腿不曾死透的彌留之際，再又踏上一脚，擰得只剩一小灘水跡子。

在那首「太遲，太遲，你們不能進來……」聖詩的旋律慢慢不太纏人的一段日子裏，可又被那座「先父莊公海泉之墓」替代了，不獨是纏人，而且沉沉的壓人。寒傖的小石碑，訴說着多少身後蕭條和蒼涼！老是感覺着那堆黃土底下埋葬的該是自己的甚麼親人。曾經傻傻的站在墓碑之前，不知道要怎樣表達沉結在心裏的那份親愛；即使不用語言，用一種心意……然而除了感覺，甚麼都抓握不住，表達不出來。

癡癡的望着唱詩班裏的那個孤女，雪白的聖潔啊，也曾痛不欲生的哀傷，然而那樣的不幸會由着時間帶走而遠去了麼？失去父親的不幸是永遠存在着的。她是那樣的仰望着甚麼，並不看着樂譜的在那裏高聲頌讚取走她父親的耶和華神。她似乎全然的平靜得不感覺到甚麼不幸和哀傷，一如她全然不知坐在遠遠的北區這邊的我，一個比她小並且全然陌生的孩子，正在思索着和關切着她的不幸，甚至感懷着哀傷遠過于她此刻的心境——或者此刻的她一點也沒有意識到她的身世如何如何。

人是太寂寞，太隔絕了；為甚麼那麼癡傻的把情感傾注于一個人，這個人由于不曾知道，便會甚麼感覺也沒有呢？她應該感覺到甚麼地方被刺痛，至少是被觸動。母親不是常說嗎，「誰叨念我啦？耳朵這麼熱！」我是感到母親才最懂得人跟人應該怎麼樣彼此體恤的。

從那座寒傖的小石碑，我知道她還算好，有個弟弟陪伴着——可惜我們班上連一個姓莊的同學也沒有——；然而憂愁是那樣輕易的就又產生了，多令人擔心她是否還有母親。很可能她的母親是去世在她的父親之前，要不然，為何墓碑上不是「先夫」呢？

這樣的憂愁，好似不很厲害的牙痛，隱隱的，隱隱的作痛，照樣的吃喝。直到有一次，非常無意的聽到母親和嫂嫂們說起甚麼莊師娘不莊師娘的，隱隱的牙痛才算霍然而癒。那些個日子裏，真是聽不得甚麼莊甚麼蘭的，耳朵不知怎會那樣子的尖，守夜的小狗一樣，專門感應那三個音波。

母親似乎是說：「我這還算多？你都沒瞧莊師娘那一臉雀斑。」立刻我就停下撥着栗子的火筷，亢奮起來。母親的面孔背着油燈，火盆烤紅了她的重下巴。

「哪個莊師娘？」真是意外的不可錯過的機會。

母親彷彿沒有聽懂我問的甚麼，無意的看我一眼。

「告訴你不知道，帶你去又太遠。」三嫂搶白了我。她是給母親寵壞的一個媳婦，還像個貪玩的孩子，常跟我們小叔子磨牙。

「誰說我不知道？」我皺着鼻子，用紅了尖子的火筷指着三嫂。「她丈夫莊海泉，死了。你當我不知道！」

三嫂立刻就擠着母親撒嬌：「娘，你看小叔啊……」

「好像是。」母親想了想說。

「是啦。」大嫂的母親是傳教士，教會裏的人似乎熟一些。

「噢，知道了，忙着找丈母娘了不是？」

「媽，要不要燙三嫂壞嘴？」

「有本事，來嘛。」

「別當我不敢！」

我着急的比劃着手裏的火筷。但是心裏好好受用。其實我真還不懂得也不曾想過這些，給三嫂一取笑，莫名其妙的又臊又喜，急欲掩飾一些甚麼。

母親笑了，閒閒的問了一聲：「莊師娘有沒閨女啊？」多半是問大嫂的罷。可見在教堂裏碰見，不知有多親切的道一聲「平安」，而實際上只是面孔熟一點的教友而已。大嫂也似乎不太熟悉。

不知甚麼緣故，居然守着三嫂，放過一次逞能的機會；大約是一種滑稽的近乎避嫌的心理。三嫂的眼睛好壞的盯着我，等着挖苦人。

儘管那樣，事隔這麼久，三嫂也絕不會還有一點點的記憶，除非……而我想不出怎樣的除非，人是站在這裏，聽着禿腦袋牧師洪亮而用顫抖的大聲禱告，我的眼睛是不自覺的張着。白衣的唱詩班依舊是那麼些人，只是分不清是否還有那幾個熟面孔，我只能確定慈藹表姐和她不再在那裏面。忽然我有些後悔，既然張不開口探問莊佩蘭怎樣怎樣，何不先打聽一下慈藹表姐怎樣了呢？

漂流過許多地方，進過不少教堂，總覺得每個教堂裏面都有她在，明知不可能又偷偷的妄想一進教堂竟會碰見她。世界上並非絕對沒有明知不可能的事居然出現了的或然機會，那麼多偷渡到後方去的青年，怎能咬定沒有她呢？——就不說這些可能不可能的罷；所有的教堂幾乎都有一種洋松木的松脂氣味，那就已經有她了。

走過那麼多地方，還不曾見過有故鄉這座如此宏偉的教堂，它的平面圖，應該是個亞字形狀，或者是空心十字的形狀。樓下是南、北、西和中間類似天井的一共四個座區；樓上則分南、北、西三個座區。聽說八路軍佔領的期間，常在這裏開晚會，令人不能相信的，斜面的樓上，經常有便溺流滴下來。

不記得打甚麼時候起，就開始跟隨我父上教堂，坐到樓下北區，不再讓母親攙着，教喊這個師母，那個教士，好讓人誇獎多有禮數呀多聰明呀甚麼的，然後夾在母親那些老姐妹中間死去活來的打盹，流母親一懷的口水，然後被母親拉起來禱告，唱讚美詩。彩色玻璃的光影，多半總是那個時候把牧師的腦袋染做感恩節的彩蛋。多麼長得沒有盡頭的大禮拜！好像存心要拖到天地末日，以便毫無疑問的每個人都有得救的分兒。那末，攀住母親咬咬耳朵，教堂背後的大院子裏，那座儲水庫大得很的水泥平臺上，總不斷的有借口出來尿尿的孩子們在那上面追着玩官打捉賊，偷吃蓬勃到平臺上來的葡萄鬚鬚——我們則不知是誰興起的，都叫它葡萄芽。從麥粒兒大的青葡萄鈕兒吃到不等它成熟。吃光了這些，嘴會寂寞起來，就貪饞的摘吃那些酸酸的葡萄芽。為了提防教堂的老程看到罵我們犯賤，得像膽小的小鹿，整把整把摘來裝進口袋裏，留着慢慢的反芻。有甚麼不對呢？我們只覺得管教堂的老程出口罵人，實在不配做教友。那些葡萄芽如果守着母親吃，她就趕我們閃開，免得惹她口裏和胃裏冒酸水。我想，母親一樣的也貪過嘴，要不怎麼懂得葡萄鬚鬚是酸的？

大約是因為既跟我父上教堂，坐到弟兄這邊，人就有了長大的感覺。我想我是長大了，葡萄芽和紫芸英，多麼無聊的饞嘴！怨不得教堂打鐘的老程要罵我們犯賤；母親也說：「吃罷，蒼蠅叮過，貓在上面刺過尿……。」我們那時才聽不進這些，都是饞得執迷不悟，哪裏相信貓是一根根的葡萄鬚鬚去對準了刺尿，難道葡萄上就一點也不沾到麼？屋簷上的凍玻璃才更多的貓尿呢，用骯髒嚇孩子，恐怕最發生不了作用；偷月餅躲到便所裏吃，屑子和包紙可以完全滅跡，不留一點線索。說是長蟲最喜歡咂紫芸英的葉汁，也一樣的嚇阻不了孩子們閒不住的嘴巴。

紫芸英雪青色的星星小花上，常會停留一種獃笨而不螫人的胖蜂子，一合掌就包到手心裏，放在耳朵上聽那嚶嚶的哭泣。怎麼配呢？沒有甚麼贏過她，連個子都沒有她高，恐怕只有不怕蜂子螫，才是我最大的能耐。我父根據醫學資料，說我這種能抗強酸的皮膚，一萬人當中才有一個。真不相信莊佩蘭正巧就是另外一萬人當中的那一個。找遍了另外還有甚麼贏人的本領，再找不出甚麼；要就是再辣的辣椒，我能一口一個的生吃。守着慈藹表姐，我表演過。有一天，她就會跟莊佩蘭說：「喏，就是靠柱子左邊的那個，」從唱詩班那裏指過來。「我這個小表弟好古怪啊，不怕蜂子螫，一口氣能吃掉半斤辣椒，空口吃的……還有……。」真想不出此外我還有甚麼能夠強過人家。不過，慈藹表姐翻翻眼睛，也許又想起來了：「還有呀，他們家好斯文，都喊甚麼我父啦，母親啦，不像我們喊法……。」這些個瑣瑣碎碎，雖然不見得比人家怎樣高強，總歸不很平俗就是了，讓莊佩蘭多知道一些我們是個挺出眾的家族總是好的。慈藹表姐還應該記得一樁事，那年接連三天三夜的大雨，活到七十歲的祖母也從沒見過，護城河漫了，城裏低窪的街巷要用大澡桶撐來撐去的才能通行。老校工問我，流進我們家的那塊金磚有多大，要我比劃給他和他老婆着。小城裏到處都傳着這個荒唐的流言；連表姐一家都相信了，慈藹表姐釘着母親問：「大姑也把我看成外人了，真是的！我不出去亂講就是了。」我們真是個挺惹眼的家族，不知為甚麼，既不算富有，也不做官為宦，真是想不透得很。不管罷，那總是很使我們光彩的流言，我幾乎比劃給一個同學的媽媽看，徐為福的媽媽，指着他家的堂屋的磚地，還算很謙虛，只說有那種羅底磚的一半大小。莊佩蘭會睜大她細細的長眼睛，「真的啊，原來就是流金磚的慈仁醫院呀？」慈藹表姐一定也覺得與有榮焉罷？

　　這才忽然發現我有多愚拙，既然張不開口跟家裏打聽莊佩蘭如何如何，何不先探問一下慈藹表姐的情形呢？那樣也許就很自然的拉扯上我真正關心的那個影子了：「她還跟那個莊甚麼的姐妹一起獻詩嗎？」

懊惱昨天晚上沒有這麼靈通，立刻我忍耐不住，往我父身上靠靠，「慈藹表姐呢？出嫁了嗎？」我低聲的問。

父親沒有看我，他望着南區那邊，要尋視甚麼似的，一面用比我還細的聲音說：「跟誰——跟石長老的三兒子結婚了，認識罷？」

我點點頭，其實我不認識甚麼石長老的三兒子。我關心的不是這個。依然是禿頂的吳牧師領道，似乎正講着啟示錄七冠冕象徵甚麼的道理。遂有一種錯覺，唱詩班裏，我看到遲來的慈藹表姐，和緊傍着她的莊佩蘭。那一次她們在教堂的內室裏準備聖餐，害我多麼失望！多少年來，一直是那一次的印象替代了——不如說是壟斷了她所留給我的一切記憶，使我不能忘情害我一場焦灼。

好像被判決了死刑的那種絕望。禿頂的牧師已經登上講壇，坐到高背的烏木籐心的大椅上，托着反光的腦袋作禮拜開始前的默禱。

而唱詩班裏依然看不到盼了一個禮拜的那個令人心跳的影子。你知道是一種甚麼發抖的心情來到教堂啊。「就要看到她了！」心裏禱念着，只是要看到她生滿雀斑的小圓臉，多卑微的一點盼望，而我實在不曾意識到還需要別的甚麼。而當這個卑微的盼望也要熄滅的時候，唱詩班那雪白一片的袍子，怎能不灰濛濛的令人喪氣起來！

「……兩個男孩兒了，情形很好……。」

耳邊乎聽到我父低低的私語，很遙遠，很遙遠的。

唱詩班裏沒有她，沒有慈藹表姐，這和領聖餐那天的情景一個樣子。只有在教堂裏才能看到她。而她不在這裏。一切失落了。至少是殘缺的，就像用毛玻璃給彩色玻璃打的補釘，和樓角上的那塊補釘。我望着大風琴後面的小拱門。那天她雙手托着盛無酵餅的橢圓大瓷盤，走在第三個，從那門裏出來，偌大的教堂彷彿立刻敲響一聲大鏡的光亮起來，多大的絕望啊一下子就安心了。在她普魯士藍的陰丹士林罩袍的襟前，佩着領聖餐的圓牌。那纏人的聖詩，「太遲，太遲，你們不能進來……」便是那種普魯士藍，她就該生來便是那首聖詩。然而在那一刻之間，她剛出現，就遠去了；她已經到了領聖餐的年齡，一如她已經參加了唱詩班，而我呢？而我一個也不是。手裏還握着留下一截斷線，她是那美麗的風箏，飄落到城裏去，她屬于那座城，而我不是。她只留給我一截甚麼也不當的斷線，唱不成聲的那兩句纏人的聖詩，苦惱人要死。七哥還不曾考聖餐呢，我是更差一大截子的路；聖餐和唱詩班都在她那座城裏，我沒有資格進去。

縱使讓人家知道我不怕馬蜂和辣椒，倒真的很驚人麼？冷下來想想，實在甚麼也不當。而且除此之外，再也沒有甚麼可以贏人的了。斷線的風箏擺首搖尾的遙遙落下去，落進我進不去的那城，那是一首讚美詩所歌頌的：「寶石為牆，白玉為屋，街道是黃金鋪……」我是多麼非分的渴望走進那樣的城池，而慈藹表姐真是壞得要死，不管人家臉上掛住掛不住，「就憑你這一口奶腔，還沒有變嗓子，要末只能唱Soprano！」那樣的挖苦人，損人，真惱人。

慈藹表姐和她要好到小小氣氣的地步，一進教堂就幾乎寸步不離。坐在唱詩班的頂前排，動不動便互相咬耳朵，然後互相打着腿偷笑。有一陣子我簡直疑心她倆在笑我。「就是他啦，那個穿海軍服的，想加入唱詩呢，五線譜都讀不熟……」慈藹表姐那張快嘴，太有可能告訴她了，瞧她強板着掩飾不住的笑臉，樂譜搗在口上。

天啦，真叫人臉熱！

那個時候真的是很蠢，C調和F調稍微熟一些，除此以外，就得先從排在最後的升調或降調符號一線一間的往下數。慈藹表姐又那麼討厭的捉狹人，偏偏一首一首翻着叫人讀。她那麼得意，我斷定她一定會告訴莊佩蘭。瞧着她們掩口葫蘆的，我簡直要為這個羞恥禱告。

「噢，就是靠近柱子的那個孩子呀？」她會這麼望着慈藹表姐說的。

「是啊，一對溜溜轉的猴子眼睛……」慈藹表姐一定又是那個常掛在嘴上的口氣。

但是她要是憑良心，就該多說我一點好話。譬如我雖然五線譜不行，但我演過「小小畫家」的兒童歌劇，三十四場，只有兩場沒有我的戲。對呀，我真的不該小看了自己；六姐學校也演過，但那個演小畫家的，根本不會畫，要他們老師先在黑板上畫好一隻鷄，用黑紙浮貼在上面蓋住，輪到「我畫一隻母鷄，一隻大的母鷄，嘓噠嘓噠，嘓噠嘓噠，蹲在窩裏躲。嘓噠嘓噠下了一個蛋，嘓噠嘓噠下了一個蛋……。」便唱着用手在黑板上比劃，撕掉黑紙就算畫出來了。而我根本不用那樣子可憐。我真的演得好，唱得好，而且畫得好。天天見報的。當我唱到：「這本千字文，那本百家姓，真要我的命；讓我畫畫，我才高興，媽媽呀——」我懂得那種委屈，所以唱得出眼淚來，把許多家長都感動哭了。而且千真萬確的，我父有個老教育家的朋友，逼着本可做個大畫家的兒子去學醫，那個兒子後來沒畢業就鬱鬱的死了，他看了「小小畫家」哭得最傷心。我們後來在民眾教育館從兒童節起一連演了四天，就是那位劉大先生的主意。

「劉大先生呢？怎麼樣？」我低低的問我父。大概因為老弟兄幾個都是辦教育的，所以大家要劉大先生、劉二先生……的按排行稱呼他們，才分得清楚。

「聽說已經回到青島。開春要回來接農專校長。」

「他也去後方了？」我望着我父翹上去的鬍梢，等着它翹動。

「好像是跟省政府走的罷……。」

我這才第一次發現，我父說話時，鬍梢並不翹動，只在他說完了話習慣性的緊緊閉一閉嘴的時候，才會扯動他八字鬍的鬍梢。

想着「小小畫家」，我覺得我們弟兄還是很幸運的。除了大哥讀工，很使我父滿意——雖然以後他又搞起政治來。二哥和五哥，一個學戲劇，一個學畫，都很不合他意，但他一樣的鼓勵他們。記得演「小小畫家」的時候，母親半真不假的說：「好罷，看樣子又是走你二哥五哥的路了。」

還好，我沒如母親所說的那樣，不過沒能繼承我父的衣缽，又是我父最小的一個兒子，這樣就好像弟兄這麼多而沒有一個尊敬他的職業似的，為父母者不能不有所遺憾罷？

有一陣子，近乎可恥的急于需要莊佩蘭知道我就是那個動人的小小畫家。她是否已經知道了呢？又不好意思直問慈藹表姐，糟在表姐單單不跟我任何一個姐姐同級同班，一個禮拜不見得來不來我們家一次，逮住機會總想能夠怎樣；要不是老在她跟前有意無意的哼哼——隨便「小小畫家」中的哪一小段兒，便是繞着彎彎兜圈圈的套慈藹表姐的話。她該偶爾約莊佩蘭來我們家玩玩的。我們那麼多的姐妹。然而一直都很失敗，沒能套出甚麼結果。那我就只能偷偷的安撫自己，說不定她就看過我的「小小畫家」，很清楚的記得我，有些崇拜我的意思，就像我們崇拜金燄、阮玲玉、嘉寶他們那樣，或者說不定她曾笑她的弟弟不如我。

意識到這些，一切都似乎顯得很有希望——雖則我實在並不懂得我是在希望些甚麼。她會跟慈藹表姐說的：「還那麼小嘛，已經很了不起，怎麼能叫他甚麼都會呢？」瞧她就和天使一樣，她會對誰都那麼好的，很容易把人都看得了不起。我想，當慈藹表姐告訴她我那些本事，不怕馬蜂螫之類的，或者我們出眾的家族，或者「小小畫家」甚麼的，就能想像出她一定張着她好小好甜的口：「真的啊！」小圓臉上一顆雀斑便是一顆愛心呢。是的，我只要能使她那麼驚訝和愛慕就好了。

于是一種自給自足的滿意的笑，偷偷爬到臉上來，忽然被自己覺察了。怎麼這樣傻呢？忙着扭扯一下面孔，好把看在別人眼裏的無來由的傻笑給扯散。然後偷偷的瞟瞟人，是否還有人在嘲笑的盯着我看。

對于我那麼小的年齡，那麼的不知所云的迷戀着一個幾乎成年的大女孩，而開始給自己築起結構那麼複雜的海市蜃樓，我是感到很訝異。還記得那一次主日學——我想，縱使不是縣城淪陷前的最後一次，也是在那以後的幾次必定都很平凡乏味，都不曾留下一點記憶——大兒童班的老師請假，代替的居然是莊佩蘭。我不能說出那是多麼複雜的一個鐘點。像往常一樣，我們被分在鐘樓上。我一直不敢看她，分辨不出自己的臉孔一直是在發青還是漲紅了。從來從來都不曾跟她這樣的接近，這是我一向所盼望的，差不多必須一個禮拜才得看到她一次，在偌大的教堂裏，遠遠的看着她，一個禮拜出一次的月亮，或者真的就是月亮一樣的，有一天忽然那月亮來到你的臉前，你便不再是那麼安閒的賞月，安閒的想思廣寒宮裏嫦娥手上的桂枝；你就會手不是手，脚不是脚的惶悚了。

也或許她把我看做最壞的主日學的學生，那麼散漫，要不然為甚麼第一個問題就問到我：

「嗳，那位小朋友，怎麼老是東張西望的呢？老師要問你：迎接新郎的童女，幾個是愚拙的？幾個是聰明的？」

為甚麼她總是和十童女迎接新郎的比喻有關呢？她和慈藹表姐的那首獻詩，也是這個比喻。我望着她，慢慢的豎起五個指頭，又豎起另五個指頭，我能感覺到嘴唇在顫抖，因而緊緊的閉住嘴巴怕被她發覺。我簡直害怕一張開口就會哭出來。彷彿眼睛裏已經有了淚的意思。

那是一個可怕的絕望……

所有我那些偷偷營造的海市蜃樓，全都坍塌了。她是老師，十分確定的老師。而我看看周圍，我是和他們一點差別也沒有的兒童，很容易讓墨水染污了衣裳的那麼大的孩子，多半不用剪刀而用牙齒啃指甲的髒小子，我是很出眾的嗎？我是小小畫家？她一點點也不認識我，「噯，那個小朋友！」就是這樣了。

這天我確曾哭了，頭抵在牆上。等他們都下了鐘樓，我沒有回到會堂裏去繼續做大禮拜，我一直望着那根鐘索，用被一層淚水蒙住的眼睛仰望上去。自從「太陽牌的飛機」開始空襲我們的小城，禮拜就不再有鐘聲，它已經是使人惶亂的警報器。我制止不住的泣傷着，一點也不明白為甚麼。而國語講義裏高蘭的那首朗誦詩，如同鐘聲一樣的響徹人的心腑：

記住那個日子吧
一九三八年的二月十八
祖國的天空裏開了花
嗒嗒，嗒嗒……
一架，兩架……
太陽牌的飛機應聲落下
……

不用說，那首寫武漢上空大捷的詩是很迷人的。從鐘樓上孤獨的下來，這詩伴着我一步一步的走着沉重，一點也沒有那詩所要給人的愉悅……而我越發的不能自已，深深的，深深的陷在一個我那麼大的孩子不該有的荒涼的感覺裏；直到現在，那仍然是一種不可解釋的荒涼——鐘索、高蘭的詩、生滿雀斑的小圓臉、樓梯、和那十個童女的故事，以及種種我所不知的。

我感到我父站起來，禮拜是結束了。

多少久別的我父的朋友，我自己的小學同學，似乎是等不及禮拜結束的圍上來。我們一路嘈嘈的走出教堂，在溶化中到處都是雪水的廣場上，陽光洒着一張張還是老樣子或已成長而略有變化的臉龐。沒有風，但空氣中有割臉的凜洌。鐘樓的四柱尖頂把影子投到那邊剷積的雪堆上，彷彿很拙劣的幼童手工，彎彎曲曲取不直的剪貼在那上面。

我被誰很冒失的拍了一掌。

「嘿，還認得我罷？」

「好啊，慈藹表姐！」我叫起來。

她懷裏抱着露出很小一點臉的孩子。似乎是——該說她沒有變，包括她富富泰泰的白，和要哭要笑都是那麼澈底的爽快。那是一眼就看到底的。她是永遠也不能被造就成教會的淑女了。

等到她那不容人插嘴的說和笑，把我們周圍的親友，甚至我父，弄得不得不默默的笑着一旁觀望，或者告別而散去，這才她第十遍的說：「好了好了，下午來看你……。」她那張臉仍然興奮得通紅通紅的。

「嘿，」我叫住她：「我看，我有資格參加唱詩班了罷？」

她愣了好一陣。

「真糟糕！你還記仇記這麼久啊！」她又走回來。

「好像全不認得了——唱詩班的人。」

「當然。」

「她呢——妳那位第二部？」我想，對她來說，不至于使她驚訝的。

「你是說——他爸爸？」她不大敢確定，用重下巴指指懷裏的孩子問我。

「誰是妳，心裏只有那一個人！」我藉着呵暖，手搗在嘴上掩飾一下仍不可免的一點心虛。「那個……那個莊甚麼的？」

「莊佩蘭？」

她那麼大聲的叫響那個名子，使我覺得忽然一切都多麼真實起來。

然而從她的臉色，和她匆促的四周看了一眼的神情，我似乎心裏一沉。

「下午來看你再跟你談……好了，待會兒見。」

我望着她走去。看來她走得不很方便，又不全是路滑的樣子，大概又有身孕了。

「我陪妳走一段，慈藹表姐！」

跟臢下的幾個——甚至有的已經叫不出名子來的朋友招呼了一下，我趕上去。

「會有這麼嚴重嗎？」能使慈藹表姐那麼變臉色的事，想必是值得關心的罷。

「她跟人同居了。」許久她才有些吞吐的說。

「那算嚴重嗎？」

我口裏這麼說，可是心倒像是被一下子硬摘掉了一樣。

「不止一個人，你想像得到嗎？」

「妳是說……」我急促的想着。那生滿雀斑的甜甜的小圓臉。但我是很木然的想着。她的容貌不再出現。恐怕真的是想像不到的事了。

「她是靠那個生活了，好像很闊氣。」

「好像，她還有母親。」

「人已經完全變了，不要說別人，連我都不敢認……」她把孩子換到另一邊抱着。

「她不是還有母親和弟弟？」

「是她們家的那個作戶害了她。」

「她家有田產？」忽然我不解她的父親為甚麼葬在教會公墓裏。

「很少罷，不到十畝的樣子。」慈藹表姐說。然後她講起莊佩蘭，講起莊家的佃農進城來送糧草，襖襟上綴着一枚徽章，不知從哪兒撿來的，也許覺得配在身上很神氣。至于那是甚麼犯忌的徽章，誰也不知道。一進城門就被抓住送去日本憲兵隊。就在當天，莊佩蘭和她的母親也被抓進去。

我在思索那個無知的佃農——在慈藹表姐口裏所謂「無知」的意思。走在雪泥裏，為何這一段路特別爛呢？瞧着她抱着孩子滑滑擦擦的走不穩，「來，我替妳抱一會兒。」我張着手說。

「不成，這孩子認生。」

「為甚麼要抓她們母女？」

「沒有甚麼為甚麼；你要問為甚麼，就該問日本人為甚麼打我們。」

「她不是還有個弟弟？」

「她弟弟又能怎麼樣？」表姐似乎不曾發覺到我對他們莊家會這麼清楚。

「我不是那個意思。」

「她弟弟跟軍隊走了，據我所知，一直沒有信息。」

她沉默了。我也沉默了。我們一脚一脚踩着高蹺似的躲着積水走。

「後來——？」

「放出來了，連那個害死人的作戶。」她說：「可是放是放出來了，三天兩頭的隨傳隨到。人就是那樣完了。後來日軍投降了，撤退時有人看見她頭上紮着包頭，完全東洋婆子的打扮，帶着行李，我們以為她跟日本人走了。不知道怎麼沒有走成，八路軍進城，她又出現了，不是我親眼見到，真不能相信，好前進哪——你懂得前進的意思嗎？就是我們守舊的人叫做『母狗』的那個意思，很難聽不是，我好難過……」

「莊佩蘭嗎？」第一次在人面前我叫響她的名子。她是那端着燈迎接新郎的童女嗎？她是那愚拙的，還是那聰明的？

那張滿是雀斑的小圓臉，瞇瞇的長眼，越發的記憶不清了；也許是一時急于要努力去想出那麼一個形象的緣故，反而愈是捕捉不到它。如同一張只有說明而沒有照片的通緝文件，一切的特徵都說明得很詳細，在我記憶的世界裏；然而我只知道她是甚麼樣子，却想不出了。

而在現實裏，唯一我能落下的，唯一不是記憶的重現的，便只有隨時可以低吟的那首聖詩。

「我還記得的，妳們倆二重唱的詩：『太遲，太遲，』的那一首。」

隨時可以低吟，一如在這初春的陽光底下，我可以隨時看一眼慈藹表姐線條如此潔淨的側臉。然而甚麼都不是，甚麼都不再有，慈藹表姐也不再是那個時候的她，儘管她是這樣的靠近着，十分可靠的存在着，然而，不的；一樣的也有人在那裏努力用記憶苦苦的捕捉不到她的模樣——當年的，尚未成為歷史的那樣鄭重其事。人就是這麼無助麼？對于視覺之外的世界，甚麼也不算數，只是一片深深的寂寞。

「我能去看看她？」

我說了最無謂的話，怎麼不能呢？敵人對于婦女獸行的新聞照片豈不是令我們在咬牙切齒的同時，一樣的蠢動着可恥的情慾麼？

「我們壓根兒見不到面了。」慈藹表姐低廻的說着，忽用一種異樣的眼神驚詫的看我，彷彿這才發覺我跟她說了甚麼。有不易覺察的嘲笑，牽動了一下她的嘴唇。她又頹然似的回到那種低廻。「她不能來看我，我是個大家庭，我自然也不能去她那種地方。」

「妳可以叫表姐夫去看看她。」我不知道自己是否出于誠意。

那種曖昧的嘲笑，重又牽動了她生得很尖細的唇角。

為了使我相信那麼一樁不可能的變故，我覺得實在該去看看她。這樣的心意，是能公然告訴給慈藹表姐的。只是我知道，我不止于此；或者屬于一種洩恨，也或者需要某些羞恥的補償，「買她去！」難道我還不自知這是一種複合着多樣情緒的徒然衝動嗎？她喊過我：「那位小朋友，」我要跟她說，小朋友要來買妳。小朋友和老師之間的那種年歲差異，使我迷戀她的事成為可笑。而有一天，我可以用不多的錢，使之不再成為可笑，我當然很怨恨；怨恨的不是她，却也不知該怨恨誰。在預感着將要去買她的某種畏懼裏，我先已戰慄了。

走出城門，來自雪野的尖風，立刻像冰塊一樣犁到臉上來，而護城河上垂柳的禿枝條却並沒有怎樣飄動。

我握住她的孩子戴着無指手套的手，「就送妳到這兒，慈藹表姐。」孩子躲到母親另一邊的肩膀上。

「還好，這多少年，神總算特別照顧我們兩家。」慈藹表姐提提尖細的唇角說，不知有多知足的樣子。

我情不自禁的質問起來，「神就不照顧莊佩蘭那一家嗎？」不知是質問慈藹表姐，還是質問那至高之神。

「當然，」我說：「約伯的痛苦也是一種恩典。」

這樣，對于慈藹表姐自覺和自認的幸福，也許是一種告誡，或是一種諷嘲。
慈藹表姐看着我，深深的。我判斷不出她在想着甚麼。
「你是變得多了，」她已經重複了好幾遍這句話。「我簡直不敢認。」
「妳才真的變得多了！」
我故意的讓她注意我在看着她似乎又有了身孕的肚子。她有意無意的扯扯大衣的前襟。
「真討厭！」她說。
我笑笑。
我居然能笑呢，笑得這般自然，這是令我感到十分詫異的。
人就是這樣的麼？
當然，笑笑並不算罪過。我父說中飯要正式給我接風，有一小罎陳年的狀元燒，還是戰前的陳酒，我們一家都是基督徒，又都是酒徒。
屆時必是一番歡笑和痛飲，必也是仍然念念不忘着那另一個人。我們就是這樣的，雖然令人詫異，倒也十分坦然。
戰前的陳酒，此刻並非戰後，也可不必計較了。

只是可能乘着酒興，我會跟自己堅持着要去那種地方去買她；或者我會完全不能自持的哭出來，或者會別的怎樣。而唯一不必或者的，我需要沉沉的，沉沉的醉醉，便是所謂借酒澆愁罷？我不很知道的。

一九六八年詩人節拂曉 內湖

初刊於《純文學》

橋

我需要這樣的一座舞臺。

舞臺正中央流過一條小河，或者算它是一條水圳亦可。

舞臺便左爿右片的一分為二，兩邊的堤岸打着斜坡上去，各向左右延伸。河底乾旱，只有彎曲的一條細水，臨界于斷流的地步。但照那樣不規則的流向看來，相信還是具有一種神祕的水文。然而那樣寬濶的河槽，總是使人感到跡近鋪張。

河底可以往來行人；要說鋪張，則橫跨在河上的這座橋樑又該怎麼說呢？

拱橋比較有些情趣。若是不方便，架一座眉橋也是一樣，不必拘泥。河底既可行人，橋本就可有可無。然而河水也有漲水的季節；至少上了些年歲的人，下坡上坡都不方便。橋仍是必要的。

橋兩端的引道，朝左邊過去，有一家左外科醫院，右邊則是一座右英觀，門懸八卦陰陽魚，內供王母娘娘的十三女。

如果這樣的佈景和道具，確有現實上的困難，也就算了，儘可一張桌子便是一座橋，兩把椅子代替兩邊的堤岸或橋的引道；甚至這些也不必要，靠着演員的身段做表，一樣的存在得了那座橋，和堤岸、河底、引道、醫院、道壇等等，一如平劇者然。

那末，我還需要這樣的四個人物：

左外科醫院的左大夫。

右英觀奉香火的右道婆。

小左，左大夫的獨生女。

阿右，右道婆的獨生子。

以上左右之分，係按向例以觀眾的方向為準。

人物姓氏係為作者及讀者記憶方便而定，譬如代數符號。人物的原姓名應為：麥大夫、白靈婆、麥小英、白信仕。讀者朋友中有記憶力特強者，可不受我的左右。

幕啟。

小左像一隻鶴，翹首等在橋下，望着阿右打右首的堤岸那邊緩緩過來。

那末，阿右就該是徘徊在田埂上低着頭覓食的一隻鷺鷥，架着寒酸而單薄的翅膀。看來他是沉思在一種恍惚裏，找尋着不是用嘴巴去吃的食物。

阿右，你要找甚麼？

找妳。

我不是在這裏？

瞪着小左，半晌，似乎這才認出來。
可能不是我要尋找的那個妳。
怎麼見得？
妳空着手。
我曉得了。
那就是妳欺騙了我，妳很成熟了。
然後他俯身凝視着小左，雙手撐在膝蓋上。
妳曉得妳跟我說了甚麼？
甚麼時候？
方才。
我說我曉得了；又問了你丟了甚麼東西。
不對。
我問了你要找甚麼。
不是這個。妳的醫療包呢？
我沒有；醫療包是爸爸的。

當然不是妳的。妳偷了出來，動過手術，又放到哪裏去了？
偷了出來？做甚麼？
妳的手術刀呢？至少手術刀還在手裏。
那也是爸爸的。
在醫療包裏，一定。
為甚麼我要偷那些？
所以妳不曉得。妳冒充曉得。妳不是我要找的那個妳。或者妳喬裝得很成功。
那你到那邊去找她，或者那邊，或者那邊；隨便哪邊都行。
我要找的，不是她，是妳。
我在這裏，你看得到。
如果妳就是妳，為何不曉得方才妳說了甚麼？
我說了甚麼？方才我在家裏，剛剛跑到這裏來等你。
妳不必裝做不知道妳把妳爸爸的醫療包偷了來。
我沒有假裝，更沒有偷醫療包。
還有手術刀。

絕對沒有。

妳怎麼能夠不承認？妳說妳開刀不用痲醉。

那怎麼成！

妳不必喬裝。妳給我開了刀很成功。

給你那個拳頭開刀？

這不是嗎？妳抵賴不了。

阿右從袴袋裏抽出左拳，顯然很吃驚。又不肯這就相信，看了又看，反覆的細審彎在臉前的拳頭，臉是慢慢的冷下來，陰下來，好像舞臺的燈光暗了下來。

然後他從袴袋裏抽出右手，握住，張開；張開，握住；伸屈自如，並且十分憤懣的和張不開的左拳比了一陣，失望更深了。

開了刀嗎？你說得那麼肯定。

阿右還是不肯相信的一再比着他的左拳和右手。

很成功嗎，你說的？

可是妳的確替我開了刀，妳不要抵賴，或者欺騙。

在哪裏？

清清楚楚的，妳把我這個死拳頭割開了。
小左忽的神飛色舞起來。
裏面有寶石嗎？還是我的魂靈？
妳怎能不知道？
用我偷來的手術刀？
沒有用麻醉劑。
爸爸的手術刀？
一點點也不曾出血。
那真是太——太——太成功了！
一點點也不痛。
太了不起了！
就好像砰的一聲撐開一把雨傘那樣，砰的一聲，張開了。
可是你的拳頭呢？
沒有丟掉，當然還在腕子上。
並不能張開，是不是？

剛才張開了；砰的一聲，這樣子張開了。
他用右手表演着。
現在沒有。
可是剛才張開了，千真萬確。
或許你才睡醒；或許你還沒有睡醒。
我睡了。
你是夢見那樣。
也許。
所以你是在做夢。
有甚麼不同？
那不是現實。
為甚麼？夢見甚麼不是現實？不是我這麼一個血肉之軀躺在牀上做的夢？血肉不是現實？躺着不是現實？睡覺和牀不是現實？
那是你心裏在想。
砰砰跳的心臟不是現實？

應該說是腦子在想。
腦殼和頭髮不是現實？腦漿不是現實？
主要的是思想。
思想不是現實？
我說的是幻想。
幻想不是現實？
可以那樣說。
幻想從哪裏來？
我不要說是從腦子裏來。
從慾望裏來，妳得承認。
沒有甚麼不敢承認的罷！
那末，慾望不是現實？
你的左拳也是現實。
當然。
這就對了，你的左拳在現實裏還是打不開。

在夢裏打得開。

所以夢不是……

狗咬尾巴的是誰？

你才是。

阿右跑下堤岸，臉抵近了，頂真了起來。

一個人——像妳這樣，偷了醫療包跑到另一個人的夢裏來，妳怎能不承認妳在那場夢裏說的那些？做的那些？怎能抵賴呢？

真的，阿右，我真不要抵賴。

我可以作證，妳跑到我夢裏來說了甚麼，做了甚麼。妳呢？沒有人可以替妳作「不在場」見證。

要是人都可以替自己作證的話……

至少我不採信妳的見證。妳的眼睛在說，妳是要堅決的不認賬了。

我倒真希望能替你很成功的開了刀。

對于不可能的事，人才抱着希望。

對于可能的事，人是失望的？

難道一定要非此即彼嗎？我是「一刀人」，妳是早就知道的了。

知道並不等于相信。

那不算真知。

我相信有「一刀人」，我們都是；但不是你所說的「一刀人」。

我可以不相信我母親，我得相信遺傳，我有遺傳。「一刀人」的一刀，不是指腦袋砍掉。

我也不以為是砍掉腦袋。譬如烏江岸上項羽那一刎。

不。

那就是日本武士道的切腹。

也不。

或者是朱麗葉，用她的胸脯做了匕首的鞘。

都不是。「一刀人」的一刀，也許只是削鉛筆割破了手；也許是刮鬍子拐傷了嘴唇。總歸不是致命的一刀。

既不致命，那就好。

但是那就足夠致「一刀人」的命。

我還是不能相信這樣的「一刀人」。
妳得相信遺傳，就如同妳得相信妳的母親把心臟病遺傳給了妳。
心臟病是可信的。
不過是「離魂雜症」。
你母親的荒謬。
或者是「色絡火旺」。
人家都說，你母親為了你父親要報我父親一刀之仇，整天畫符念咒，害我這樣。
妳相信嗎？
那太荒謬。
如果妳肯在右英娘娘前磕頭七七四十九天，妳就三魂歸位，六魄還體。
那太荒謬。
如果妳肯服用麥門冬、天門冬，那種丹方尅妳的色絡之火。妳可相信？
所有的都太荒謬，如同我不能相信你母親要報一刀之仇而畫符唸咒的在害我。
那末我也不能相信妳父親的手術刀。
手術刀不是迷信。

凡是沒有懷疑的相信，都是迷信。如同我不相信妳父親為了妳母親送命在我母親的符咒裏，而存心要用手術刀來害我。

那末，世界上沒有「相信」這個東西？

可以創造——用實驗來創造相信。

你相信過我。

因為我們在夢裏實驗過。

那你相信我了？

妳承認妳跑到我的夢裏來過？

我真願意我能承認。

不肯定。

就算承認了。

還是不夠。

我承認。

妳承認給我開過刀？

我承認。

承認沒有出血？
如果出了血，我也完了。
對了，妳是見了血就要休克的。
而且休了克就要發病的。
虧得沒有出血。
夢本來就是黑白的。
那妳是說——？
不一定非要彩色才看出血來。
其實根本就無所謂；我已經不像小時候那樣的在乎了。
那時你好自卑；那隻拳頭整天藏在口袋裏。
因為人都嘲笑我是個賊種託生，拳頭裏攥着前世偷來的金銀。
連你母親也信以為真了。
所以我母親相信那些嘲笑是妳父親製造的。
你母親信以為真的，還不止這個。你母親害怕真的在你拳頭裏開刀開出金銀來。

那是妳聽我說的。
我從來都不曾嘲笑過你。
妳也以為這裏面有顆寶石。
因為我看到裏面有顆寶石，而且知道那顆寶石是替你的新娘準備的。
妳扮過我的新娘。
也是在這座橋下，扮過不知多少次。
那是童話。
現在還是；不過不再是寶石，我看到那裏拘着我的魂靈。
也許只是幌子；妳那麼樂意給我開刀，仍然為的是那顆寶石。
果真是顆寶石，也是你的。
妳知道我會給妳。
我甚麼都要，除掉那顆寶石。
妳一定得收下——雖然很童話。
堅決的不要。
那妳無利可圖了。

有的。

我不會付妳手術費。

只要為你母親實驗出一個相信，沒有甚麼「一刀人」。

那不能當作手術費來抵銷；因為我也需要相信。

義診不可以？

萬一我是「一刀人」，寶石就是我唯一的遺產。

遺產也可以作為孝行。

遺產只可繼承。我寫遺囑給妳。

那末我寫遺囑給誰？

妳非要休克不可？

而且休了克一定要發病。

我們實在無法可想了？

實在無法可想，所以還是寧可終生握緊拳頭，只要我珍視它。

那樣的話，妳父親就一直有理由拒絕妳嫁給我。

我們可以私奔。

我不能一隻手拉住妳私奔，另一隻手再提着包袱。

我提，或者我拉住你。

我不是一個弱者。

你是「不是一個弱者」。

不成。妳還是把妳父親的醫療包偷來。

當真要嗎？

妳已經在夢裏實習過了。

那你在這裏等着。

向堤岸上一抬頭之間，他們發現到左大夫和右道婆分別出現在左右的堤岸上。

你母親來了。——妳父親來了。

希望他們不要再仇視。

那是不可能的事。

左大夫和右道婆，顯然不願意眼裏有了對方；下意識的認定若是正眼相看，便是示弱而甚至一廂討好了，那是他們雙方所不能忍受的。

爸爸已經跟妳談得很徹底了。—兒子，媽是怎麼跟你說了？

你並沒有准許我徹底的跟你談談。

回去！妳要怎麼樣的徹底談談都行。

如果我不要呢？

于是左大夫和右道婆都被激怒了，憤憤的走下堤岸。

妳不要，也得要。

要不要，是雙方的事，雙邊互惠；你是做爸爸，不是做帝國主義。

混蛋，妳是誰的女兒？

你怎麼不關心我是誰的媳婦？

妳的心野了。

你明知道女兒長大了就要怎樣的。

可悲啊，女大外向，多少心血付予東流！

當初媽媽就是這樣。

我並沒有答應妳，是不是？

你現在就答應我。

妳知道那是不可能的。

你不答應也得答應。

問題是兒子答不答應，不是母親答不答應。

該死，你是誰的兒子？

妳怎麼不關心我是誰的女婿？

翅膀長硬了不是？

妳明知道兒子長大了就要怎樣的。

傷心喲，有了老婆就忘了娘！

當初爸爸就是這樣。

媽媽不曾反抗過妳的外祖父。

當初你會希望媽媽只要外祖父而不要你嗎？

你老子沒有不聽你奶奶的話。

當初妳希望爸爸只要奶奶不要妳嗎？

左大夫和右道婆似乎有些語塞，便互相遷怒到了對方。

都是你女兒在那兒作怪！

妳好像沒有兒子。

我兒子命根子長。

我女兒有兩隻手。

我不要討個「離魂雜症」的媳婦。

我樂意把女兒嫁一個四肢不全的女婿嗎？

跟爸爸回去！——走！給我回家。

左大夫和右道婆一氣之下，拉住自己的孩子就走。然而不幸由于氣昏了頭，不辨方向，右道婆拖住兒子往左邊的堤岸上爬，左大夫拖住女兒爬上右邊的堤岸去。

他們的兒女顯然很清醒，回頭相顧而笑。

這裏值得注意的是，雙方在舞臺上的位置互換了。

你瞧，不講理的糟老頭子，你甘心要他做你老丈人？

我又不是要娶一個老頭子。

你難道不怕他以後轄制你？

怎麼會？

老丈人看女婿，越看越來氣。古話不能不信。

那就不給他看；或者讓他氣死為止。

說起來，她也不是個壞丫頭。

說的是啊。

要是她老子眼裏有右英婆婆，就該來求個符咒，討個丹方。

這樣強橫霸道的惡婦，妳怎麼敢要她做妳的婆婆？

我又不是要嫁給一個老嬤嬤！

妳就不怕她將來虐待妳？

未必罷！

同性相斥，歷來婆婆都覺得媳婦搶走了她的兒子。

那末，就讓她再把她的兒子搶回去罷。

其實，他倒算得上是個有出息的小子。

本來嘛。

如果他母親明事理，肯讓我替她兒子動動手術的話。

那都治不了心臟病。——他是個「一刀人」哪。

小小丫頭哪興有心病！——荒謬之極！

左大夫和右道婆都很吃力的爬上了堤岸，一抬頭之間，這才發現走錯了方向。回轉身，他們望望橋頭，遲疑了起來。

我這輩子到死，都不要睞那個騙死人不償命的郎中一眼。

——我寧可雙目失明，也不要看到那個——妖言惑眾的巫婆。

而一對青年，躲在父母的背後，狂喜的互相招着手，然後搶到前面，伸出雙手，那麼饑渴的跑上橋上。

阿右！

小左！

希望他們常犯這個錯誤。

不必希望，由來已久了，本來就是錯誤。

右道婆和左大夫各自橋的兩端一路惡聲的追趕上去。

你給我滾回來，我怎麼生出這麼個——回頭，回頭，妳還那麼執迷不悟的不成器的兒子！——去上當麼？

滾回去嗎？那邊是左大夫醫院，媽媽，妳回心轉意了？
——
回頭嗎？那邊是右英觀，爸爸，你真太開明啦！

右道婆和左大夫火透了，惱死了，為了弄錯了方向，又被自己的孩子這樣的調侃，取笑。

要是你肯爭口氣，你就好生看住你女兒，別來勾引我兒子，沒的弄得沒有臉。

正說是這樣，假使妳還有自知之明，就該管好妳的兒子，少來招惹我女兒，不要面子上都不好看。

敢情你沒開刀開死過人，積德的好女兒。

但願妳當初沒生過一個有缺陷的兒子。

爭吵中，右道婆和左大夫重又換回位置到自家這邊來。

不講理的老嬤嬤，把妳看成甚麼樣的女孩子了！
——
聽到了罷？老不死的咒你咒得好狠哪！

不過我不在乎他那個缺陷。
——
可是，再沒有哪個女孩子更值得我去愛的了。

跟爸爸回去！
——
給我滾回家！

回去就看不到他了。

跟爸爸發個誓，從今以後決不再到對岸去。

我們只到橋底下約會，我並沒到對岸去。

家裏沒有她那個人。

你給我賭個咒，這一輩子也不要再過這條河。

我們只在河中間碰頭，我並沒有過河。倒是妳剛剛拖着我過河去了。

被孩子揭短了的左大夫和右道婆，一陣子惱羞成怒，一個取下聽診器，套住自己的女兒；一個脫下念珠，套住自己的兒子，各往自己家裏押解回去。

不幸他們套錯了；一則由于氣昏了頭，再則是兩個孩子捉弄了他們。

女兒，爸爸除了妳，還有誰？後半生的寂寞，妳可以想像得到，爸爸的衣缽還要妳繼承呢。真不懂妳為甚麼偏偏就看中了那個臭小子。隨便去找一個，也有一雙完完整整健全的手。除非那個妖言惑眾的老婆子請爸爸給她兒子動手術，把那隻殘廢的手矯治好，否則，妳

兒子，媽沒有別的指望，下半輩子全都靠你了。你要是不爭氣，媽還有甚麼奔頭呦！天下好姑娘多的是，瞎着眼摸，也摸得到一個有魂有魄長命的姑娘。要就是那個騙死人不償命的郎中來請媽替他那個「離魂雜症」的女兒求個丹方，畫個符咒，把那個絕症扳過來，

就絕對不要再作此想。

——不的話，你休想再跟她鬼混！

到了各自家裏，左大夫和右道婆這才發現他們弄錯了，非常尷尬的一時拿不下臉來。

怎麼回事？真糊塗，這簡直是笑話！

你不見得仇視我可是？

嘿，這要從何說起……

因為你仇視的是我母親。

憑良心說，是的，我仇視的是你媽媽，她媽媽就是死在你媽媽的符咒裏，你能責備我仇視你媽媽嗎？

你實在應該仇視我媽媽；可是我是我；我不是我媽媽。

我知道你是個好男兒。

你同意我娶你的女兒了？

這是怎麼啦？真要命，這可弄擰了！

妳並不恨我是嗎？

啊，這打哪兒說呢……

因為妳恨的是我父親。

說真個的，不錯，我恨的是妳爸爸。他爸爸就是死在妳爸爸的手術刀上。妳能怪我恨妳爸爸嗎？

妳多麼有理由恨我爸爸啊；不過我是我，我不是我爸爸。

我知道妳是個乖姑娘。

妳答應我嫁妳的兒子了？

那要接受一個先決條件。
接受你的手術刀？
你真是個明事理的好男兒。
不可能。
你難道懷疑現代醫學，還是不信任我的手術？
我爸爸是那樣死的。
要怪你爸爸不肯合作。
我是「一刀人」，寧可殘廢，不能送命。
你是中你媽媽的毒了。
這樣的話，我們不是談不妥了？
你不能怪我要找一個健健全全的女婿。

那得先允我一樁事。
允妳給我畫符念咒？
妳真是個聰明伶俐的乖姑娘。
那不成。
不聽老人言，吃虧在眼前。
我媽媽是那麼送命的。
要怨妳媽媽心不誠。
我是心臟病，符咒治不好。
妳是被妳爸爸害了。
那末，我們沒有和好的希望了？
妳不能怨我要討一個結結壯壯的媳婦。

這一對青年黯然的各自回頭，孤單的，喪氣的，各回自己的家去。

轉場後，兩個青年同時出現。小左從她的家裏偷了醫療包，神色倉卒的奔來，阿右自他的家跑出。兩人迫不及待的同時下得堤岸。

夢來了！夢來了！夢來了！……

你不要儘是欺騙自己。

面對現實，我知道妳的意思。

我們開始罷？

夢是現實；至少是超現實，不是非現實。

但願。

惟獨在那樣的現實裏，我有過歷史。我有信仰。

你看我已經準備好了，完全照你的歷史軌跡。

妳穿的是甚麼顏色的衣裳？

甚麼顏色都有。

我只看到黑白兩種顏色在變化，就像妳手裏銀白的手術刀和黑色的醫療包。那末這是夢了？

但願。

那樣，才沒有鮮紅的血使妳休克；妳不休克，便是我不曾出血；我不出血，便不再是「一刀人」。

來罷，阿右，免得夢走得太快，不再等我們。

手術刀在小左的手上亮了亮，劃起一道銀光弧線，落在阿右的左拳上，深深的，深深的，楔割進去。

哦，血！血！血喲！

阿右，多美呀，血！

喲！血喲！血！

啊，我寧願這樣，我的心好痛，我應該休克了。

此刻，小左妳會渴望符咒嗎？

不要打擾我，抱緊我罷，我已經休克了，心開始一點點的碎了。

我也應該完了。

你的手裏甚麼也沒有。

沒有寶石。

也沒有我的魂靈。

好了，我們停止呼吸。
我的心臟已經開始痲痺。
好美啊……太陽上昇了。
抱緊我，我們是瞑目的。
他們倆緩緩的倒下。
右道婆和左大夫出現在兩邊的堤岸上，他們的悲慟想必是逾恆的了。
象徵的動作，他們抱起自己的孩子。
雙臂上雖然是空無一物，但你看得出他們各抱着一個沉重，步履不穩的各往自己的方向爬着堤岸的斜坡。
然後他們不約而同的走上橋去。
然後他們交換了他們的兒女。
這是你的女婿，交給你。
這是妳的媳婦，交給妳。
橋下，兩個青年很疲倦的站起來。
如果這是復活……

如果這是夢……
如果這只是表演……
任妳以為如何罷！
幕，緩緩落下。

後記

《中國時報》「人間選集」第二輯內，有舒暢的一篇小說〈符咒與手術刀〉；同時舒暢也把這篇作品收進了「金字塔」為他出版的《軌迹之外》的集子裏。後者有我的一篇代序〈象腿之見〉和〈負負得正〉，屬于極端的主觀之論。其中討論到小說表現技巧的問題，我曾給自己許下一個小小的心願，想把「符」篇做一番「負負得正」的技巧實驗，也算是以小說來批評小說。

在構思如何處理這篇小說的同時，想起曾經和黃春明在市營巴士上討論過「雙式舞臺」的可能性。他是個異想多于實踐的小說家，很熱情又很專橫的肯定了只要是一個不盲不聾的欣賞者，必可同時接受雙式舞臺的演出。十多年前，傘兵的一個劇隊上演過《臺北二十四小時》（不用說那是模仿《重慶屋簷下》的了），其中曾有一幕一分為二的佈景，不過並未作雙式演出，還不能算數。我不曾研究過戲劇史，不知可曾有過這種演出或劇作，好在我這篇作品仍屬小說，或可厚顏的自許為小說的異種，變種。余光中在他接掌《現代文學》編務之後，曾以「我也參加謀殺作家了」來逼迫我的稿子。如果確然如此，我的這篇實驗之作，就算是他實驗室裏的一隻天竺鼠罷；雖遭謀殺，但有捐屍之義，也不無小功可足丑表的了。

一九六九年二月十六日《現代文學》

我家門巷

比傍晚要早一個時辰就開始了，直到子夜前後，這樣的時刻可以叫做我們弄堂的戶外時間，人們是日落而出的漸漸的上市。許多意想不到的事體，都要照家常過日子一樣的在戶外舉行。生爐子，吵架，看晚報，這些都不在話下。

照古法粗枝大葉的算，該是從申末酉初這段時刻開始，所以不必準時。中國人向素是把時間打寬，用來對付人生苦短。雖然跡近愚民政策，到底還是可以湊合着相安無事，活得頗為從容而充裕；以此而論，大約在世界上我們是居第二位的。

如此而當行軍灶形式的弄堂裏構成華氏九十度上下的烈日一甩西，以及屋簷、窗簷等等七巧板的幾何投影一消失，室內的溫度似乎就陡然升高。洒水而後携帶一些簡單的道具出場，滿弄堂水與塵土與蒸發的腥香。人說我們的房舍沒有退步，諸如後門、院子之類，其實進步也是一樣的貧寒而至等于零；進門就是客廳，出門就是公海，大門上經常出現「范家雄和女生好」之類的標語，想必我家兒子在外面人緣不很好，罰他洗掉那些童體粉筆字，可視為自清的一些寓意，規定不可乾洗，也是少不得的要求。

不過我家兒子雖則人品稍有瑕疵——他媽媽總是說，多大的小人，要他做聖賢！多半這種婦人之見便是培植瑕疵的溫牀了——却也才智過人。隔壁秦始皇家按時接出塑膠水管，澆屋，澆家門前公海上的夾竹桃和不曾一現的曇花，屬于小家氣的花卉，我家阿雄甘願替他們家服這樣的勞役。或者那樣的捏扁了水管衝着石棉瓦的屋頂刺水，本身便有娛樂價值，或有消防隊員那種見義勇為的滿足；況且主要的還是借那個水管洗刷自家大門的污點，免得彎腰駝背打厨房裏一桶一桶的往前面提水。

秦始皇家原本姓盛，典出自他家打康樂隊退伍下來的兒子給閩南語電影「秦始皇」做過臨時演員。很燒包的小子，回家來還戴着頭盔，臉上的油彩捨不得洗。就像經常帶着每次面孔都不同的女康樂隊員回家來一樣。但也不能因此責備他的幼稚；高官厚祿得之不易，油彩、頭盔、濃裝艷抹的女康樂隊員，未始不也是衣錦榮歸。屬于蠅量級的小型慾望，毫不占納稅人一點點便宜的就得到了滿足。

這種可愛的小人物，毋寧應該受到鼓勵。看看他，一身的裝束，在家顯得太排場，出外又嫌太隨便；血紅的套頭奧龍襯衫，我們叫它做單掛號——裏面可免再襯汗衫或汗背心。下身是又瘦又短的阿哥哥褲，褲腰僅僅夠掛住胯骨，瀕臨滑落的極限；但尚使人安心，比起他老爺爺的純中式肥褲子，滑落的危險性少一些。

或許是出于一種鄉愁，差不多是幹了一輩子收發員的盛家老頭子，如今退休了，堅持中式肥褲子，堅持不繫腰帶；褲腰Z摺之後，往下一搓，就行了，露出深不可測的黑臍子穴洞，人見了都敢斷言，那是單掛號的褲子。一入夏就全省掉上衣。然而「南頭北脚」，北方籍的人從不肯虧待兩隻大脚，布鞋布襪都被堅持着，跟了一輩子的老伴，最後的相夫階段乃是戴上老花鏡縫布襪。固然也常戴着老花鏡，耷拉着鬆了口的嘴巴，趴在架子上繡花；據說那是打着賺棺材本兒做旗號，實際上則把攢的私房錢貼了那個遇人不淑的四女兒。此外也還聽說那位不淑的四女婿，雖則不正幹，仍還是很有弄錢的本領。

有關這些私隱，要怪門戶都太淺，動不動就漂流到公海上來，而沿海的人家，又都愛打撈這些個趣味；因為別的就不容易再找到甚麼不平來生氣，或者其他有娛樂價值的事體。

當然也不能一筆抹煞，說是完全沒有娛樂；他們秦始皇家的落地收音機，便是全天候的開放。有人菸癮大到一天只擦一根火柴，秦始皇家的癮就有那麼大。但是收電費的時常在門口罰站，裏面沒有人應，而且收聽的節目兼容並包，來者不拒，不相信能有那麼樣有聲無類的廣泛興趣和那麼大的胃口，所以叫人疑心聲量大到可以全弄堂共這麼一座，有聲斯有人，用的是空城之計罷？然而終是個很快樂的家庭，雖不同堂，大女兒做了兩個月的金馬車車掌小姐，已經奉子女之命辭工待嫁，也算是四代人了。按說，八個女兒，這頭一個就有些出師不利，下面七個何以為繼呢？做祖父母的笑哈哈的說，如今這個世代，不管隔代的事了。為父母者尤其灑脫，錢，我們是沒有；聘金，我們不要，嫁奩，也陪送不起；公路局那邊中途解約的賠償金，由男方負責。只這麼一個條件，比起聘金的一般市價，高中畢業五萬元以上，那點賠償金自然等于撿了個老婆。有資格做金馬車小姐，姿色總是不錯的，又受過半年的風度訓練，還有肥瘦可挑麼？一個學着一個的鵝蛋臉，吊梢眼，沒有壞脾氣，下面正當年的五個妹妹來不及的跑上來，初中和小學的兩個，總算還可以相安無事一個時候。

五個妹妹一下班，一下學，秦始皇家便像文武百官上朝一樣，看來都是先後落榜的那一類男孩子，住的似乎都不太遠，有藉口無藉口的跑來，收音機上選擇電鈕磨過去，Say yes, My boy 開始叫嚣，這也多半是在申末酉初的時辰上市，女生制服換上可充睡衣的阿哥哥裝。黑肚臍眼的老祖父歪在竹片躺椅上，聽電晶體的指頭磕着扶手打拍子，然而那是二黃慢三眼的拍板，三個指頭一個跟一個走，一板三眼，閉上的眼睛裏生旦淨末丑另有一臺戲。

陶大夫家三個小子那麼友愛的編隊而過，也打不斷老祖父的一板三眼；兩雙溜冰鞋咕吱咕吱挫過去的動靜，不下于超低空的三架 F104。二黃慢三眼是不受干擾的。只是最近這些時，邊家老頭一年一度的哮喘又發了，大熱天，裹着美爾登呢子的舊中山裝，躲在蒸籠一般的後屋子裏養息。那是風不透雨不漏的暗室，隔着薄牆聽來使人疑心有人在那邊呼風喚雨的煉丹。邊老頭前向時的失踪，和這一發病，黑肚臍的洞穴總顯得有些空虛，少了知音的緣故。

邊老頭也曾發旺過，似乎是機要秘書甚麼的，而後失意了，而後常常歎他的人生，無非是房子越住越小，汽車越坐越大。但是這樣的自思自歎可以，出自老伴的口，老頭就不答應了，藉碴兒頂嘴，「婦人！婦人！」頂嘴頂得理虧，或者氣得有理也不講的時候，隔一面牆也聽見這種大聲喝叱。「我用了妳錢！哼，妳錢在哪裏？我用妳甚麼錢？……」像這樣無需甚麼內容去充實，甚至連句式也無需怎樣變化的頂嘴，自然也是全天候的供應，並且使人感到供過于求。老頭發病之前，似曾無形失踪過一段時期。老伴在一家肥皂工廠打工，約莫是過節分得的福利，給我們這個緊鄰送來兩包洗衣粉，很像是酬勞我們經常那麼忠實的聽取她的訴苦。所謂的無形失踪，實則也相去不遠。走時跟他老伴交待，到一位住在深山裏的老同僚那裏去養病，沒留地址，老伴就由着他去了；反正蹲閒在家裏也是養息，下工回來還要服侍他。「養甚麼病啊？跑去跟人做生意，偷偷瞞着我，你說氣不氣死人！做豆腐生意，哪裏不好做啊？跑山裏去做，氣不氣死人！幾個退休金都給敗光了，這就老實了。甚麼事都不跟你商量。退休金敗光了也罷了，買個老老實實蹲在家裏，給我照應照應那窩鷄。好，過節手上緊了點，跑去提錢，人家郵局說，妳那裏還有五百塊錢？這才發現，連利息八千多塊，只賸幾十塊錢零頭了。你說哪有這種人啊，氣不氣死人！」

氣死了人，還是不至于的；倒是給氣得鼻子一把淚一把，嗚嗚啕啕的哭個不止。碰上我們兩口子偏又生就的找不出甚麼話來勸解勸解人，滿心的同情，除非幫腔狠狠罵一罵她的老頭；這一套我們也是不行。那末，只有幫着咂咂嘴表示惋惜，或者不以為然的搖搖頭。由于這些着實無濟于事，無補于挽回一些甚麼，嘴咂多了，頭搖多了，愈覺心虛而近乎敷衍人家，有負那兩包洗衣粉的情。

定規是晚景很凄涼的，儘管還有個在美國成了家的兒子和一大窩菜鷄。

衞生間騰出來養鷄，邊太太每天上工之前，下工之後，都要捧着搪瓷馬桶跑去老遠的蝸牛式公廁處理一番，這也算是對老頭的侍候之一。「我用了嗎？哼，用妳甚麼馬桶啦？妳馬桶擺到哪裏？我都是到外邊尿的……」有時也會這樣子吵得四鄰都聽見，而且是持續很久很久的重覆着沒有多大變化的這一類句法。跟秦始皇家的老頭聊起當年的譚叫天，有時也竟情不自禁的吐吐用錢用馬桶之類的苦水。使人懷疑的是這兩位不過六十掛零的老人，論年歲，未必聽過譚戲，除了那種開頭總是「百代公司特請譚鑫培老板唱逍遙津」的老式唱片。而由于技術尚差，說的唱的都好像嘴裏不臢一顆牙，也未必就能領略到譚老板的真味；就如同當年默片電影那樣，人來人往都那麼神色不定，慌慌張張趕路的樣子。

秦始皇家可以供應全弄堂欣賞的電唱機，雖則不是全自動的，比起當年聽一首歌就得搖一次發條的留聲機，總是省時省力得太多太多了。秦始皇的老頭要聽平劇都到邊家來。和邊老頭聽着議論着，老得不知原來究竟甚麼漆色的收音機，聲量常被那麼投契融洽的談笑所壓制，聽來便像欣賞他們自己的傑作一樣的得意。

這種事實使人無法不相信非老掉了牙的收音機不足以收聽平劇。秦始皇家的女孩子們一回家，就等不及的換制服，換唱片，可作睡衣的阿哥哥裝盪到公海上來，每天清晨人走過他家門前，脚像踩在碎冰上，一堆堆隔夜的花生殼必不可少，而外搭配着冰棒的竹片和包紙，可樂瓶蓋，西瓜皮，菸蒂，等等不一，驚人的消費量，一個經常揹上三五萬元新債落陳債的人家，債也是使人致富的好東西，別人出錢而促使花生殼保持常態。儘管債終歸要償還，然而當家的常用「人不死，債不爛」，笑哈哈的打發走釘在門口的債權人。收水電費的見月要來三次。「手上不方便，下次罷！」人要不以為他家的水電費享受分期付款優待，就得一定相信可樂和炒花生必是掛賬賒來的。老人則有鬧中取靜的工夫，不吃那些，不唱那些，也不看不聽那些，鬆墜的肉胸膛裏，那座帶有檢場和送茶潤嗓子的老戲臺上，陰雨無阻唱他的全本斬經堂。生就啞嗄嗄的嗓子，也是懷才不遇的；家常過日子，說說道道都是麒派，未免有些奢華。整個弄堂的世界打不進去，這位老先生固守着自己的世界。

大約唯一打進他世界的，只有陶皮膚科的下女。

這樣說，也許失之于曖昧，盛老先生的操行不容懷疑。先看看打那邊走過來的陶皮膚科的下女，整個弄堂、甚至我家人小鬼大的阿雄都摸的準，搶到那個下女前面，跑去五號的窗臺：「顏媽媽，電話！」看似爭功，實際上這孩子懂得譏誚了。

「你看你看，」盛先生含怒的咬着鬍子：「三歲的孩子都瞞不住了罷！」

我家阿雄哪止三歲？盛老頭總不是這樣的糊塗。「阿香啊，我有話跟妳說，妳過來一下子。」

下女半途繞過來；這位阿香有個永遠不變的姿態，必定自覺很矜持的，右小臂平彎着，手則好像斷了筋，軟當當的聽其下垂，走着、站着，都是這樣子。

等盛老頭的吩咐，雖不很高興，還是彎過來了，順手攬過身旁一根夾竹桃，修尖的指抻掐着漿硬的葉子，必定是從閩南語片子裏學來的忸怩，沒有兩隻辮梢好玩弄，就拿夾竹桃代替。

「妳可放開，夾竹桃毒得很呢呀。」

盛老先生一臉的嚴重，收緊了胖下巴。

「又是顏太太的電話？」老先生咬着半白的鬍子問。

「是啊。」

「拜託妳，阿香，那種電話，給他頂回去。」

下女茫然的瞟瞟眼，略帶一些不願做得太顯明的風情，分明那是意識着他們秦始皇家門前那批剛變了聲帶的嘈雜的小子。

「你個老頭子呀，不是我說，管閒事管過了界啦！」

盛老太太打繡花綳子上抬起頭，老花鏡上面翻一對白多黑少的眼睛。

「婦人之見！」老人兇狠的點點頭，要咬老伴一口的樣子。這和邊老頭的口氣如出一轍。
一對少牙缺齒笑起來特別顯得樂觀的嘴巴，不知道早早晚晚是否還想起來拉一下口條。
「到月，人家有賞頭的，你個老糊塗！」望着阿香冷冷的走開，老太太又翻一次眼睛說。
「骯髒錢！還錢——！」
「爺，你猜猜這個，」吃電影飯的長孫插進來說，鼓鼓的信封套送到老人的鼻子上。
「家邦親鄰的不照顧些個，誰管？」老頭把信封套湊到鼻子上聞了再聞，又想起來說：「都是老同事，叫全弄堂的人家都看笑話啊？說妳是婦人之見，還、還……還……」
「爺你猜出來，就算你的。」他的長孫老在一旁催促。單掛號的血紅套頭恤衫脫去了，細看也還是薄具肌肉，大約曾經有一陣沒一陣練過鐵啞鈴，多少總是有點靈驗。
老頭隔着紙包捏捏試試，又聞了聞，神志不大集中的惱惱的對他老伴翻眼睛。

「I am sorry!」

老人的大孫女兒叫了一聲。發音很準，且很俏皮，為她開關紗門夾到了的小貓彎下腰來道歉。阿哥哥裝是那種灣港裏漂浮着廢柴油的花色，扯扯拉拉，屬于玉如意的圖案。

說是他們姐妹裏學業成績最提尖拔眉的一個，然而聽說也還是家風所及，很隨便，就像身上阿哥哥裝的那種花色，沒有一定的格局，隨意發展。「隔代人」，老頭反而從來不管這些。雖然這六個孫女兒在外面過夜是常事，也不一定就是壞事。這都是不負責任的傳聞。

也許五號的顏家若不是老用電話那麼招搖，盛老先生還是不大計較的。像陶家三個小子的噴氣機，人叢裏犁過來，犁過去，他老先生照樣笑迷迷的很是激賞，簡直有些眼饞，使人相信他這把年紀玩心還很重。

而那種噪音，誰都沒有氣量盛得下。照說，他陶皮膚科的門面寬，數他們門前空地最寬鬆，他家很少有人到公海上來乘涼。然而賢孝的三個兒子從不去打擾他老子診病所需要的安寧，誰家的孩子，縱使再年長些，也沒他們小兄弟三個那麼懂事。

弄堂裏因此漸有煩言了。只是誰也不要去當面說說，中國人不喜歡那麼沒氣量的叫人臉上難看，那就編排點笑話譏誚譏誚罷。說是那位陶大夫皮膚科，本就是挑上了最討巧的行業。皮膚科的醫生一是沒有害急病的病人，不必半夜三更爬起來看病；二是很難因為投錯了藥，鬧出人命；三是皮膚病多半除不了根，不好不壞的拖拖，增加收入。

這是很損人的笑話，能使不滿陶皮膚科的鄰居們嘲弄一番，消消氣，總是好事。而所謂不滿，也並非很敵對的那麼嚴重。陶皮膚科的日子過得好，只他家有樓、有電話，又不大同鄰居交道。儘管大家早晚總斷不了鬧個小毛病，又很少需要去他那兒就醫，失去憑鄰居這個情分理當受到優待的機緣……所有這些細細瑣瑣的過節，大家湊起來，便不愁不構成一種公意，好像陶大夫存心跟大家作對，專治皮膚科而使家邦親鄰佔不到便宜。加上那個看來自命不凡的下女，平彎起小臂，垂着斷了筋似的玉手──至少她自己是意識着那樣──搖搖擺擺的走來，搖搖擺擺的走去，搖擺到五號去喊顏太太接電話，這就越發叫人側目。似乎把弄堂風氣搞髒了的顏家女人，都只因陶皮膚科的電話所一手造成，罪大惡極啊。而顏家那個肉體派的女人，顯然是撕破了臉，甚麼都不在乎了，不斷的把生面孔的男人帶回家，顏家的一窩孩子憑空有了許多舅舅，聽說生面孔的男人們喊顏先生姐夫，顏先生也是答應的。自認為清白人家的當家漢子們，都感到這簡直有點不可思議。而在沒有蒼蠅拍子隨侍在側的當兒，談起來倒隱約的為了弄堂裏漾漾的這麼點春意，而面有得色。這些男人家算我這個聖人在內，當顏家太太奔去接電話，或者携着電晶體收音機盛裝出門之際，那些顫抖抖的慾念，遂使人頗為情不自禁的賊愣愣的了，也是屬于一種欲蓋彌彰的陣痛。只能這麼勉強的形容一下。

而身家清白的各位太太，和顏家女人碰上面，依然是談笑如恆，非議則屬暗盤，下賤之外還有強烈的狐臭，都是令人髮指而不可饒恕的。先生們的賊愣愣，自然逃不過嚴厲的電檢處。「你們男人啊，見了不正經女人就像蒼蠅見血！」這便是「蒼蠅拍子」典故的出處。

門戶淺，就是這一點不好，彷彿盤子裏裝水，動不動就溢出來。首先遭蒼蠅拍子打到的蒙難者，便是黑白集家的男人。

像我這種老老實實從一而終的男人，着實難以設想打四色牌能打出毛病來，所以也無法輕信流言種種；黑而精瘦的更年期的太太，不免要配一副顯微鏡片來相夫的，白而帥的丈夫則難免見天割片。我是獨排眾議的作了這種解釋。

黑白集的由來，不在兩口子一白一黑，那倒不算甚麼稀罕。他家七個女子，逢單便繼承母系的黑，逢雙則是父系的白，這種交相參差的創作，規律工整，怕是全中國找不出第二家的。弄堂裏這七戶人家，誰家的子女都使人不能遽然的斷認該是雁行第幾，需要略事推算一下才行。唯獨這個傑出的小家族，一眼就認得出，黑老五，男生，甕集在弄堂口那邊，一羣紅葉迷。一根凳子腿，一隻小皮球，四塊紅磚，陶家老大——又像是老二，不知甚麼時候放棄了溜冰，在那邊做投手。孩子們喊斷了腸子的叫着全壘打。白老二，女生，靠着秦始皇家的鐵窗欄，正和秦始皇家的幾女兒拉扯着衣襟，不知道絮絮叨叨的長短着甚麼。白老六，女生，在她自家門前，男孩女孩夾雜的玩着過五關，水泥地上有畫了再畫的，紅的白的關口和走道的界線。

總之，這個黑白集的父母，在創作子女上，主題明朗，別具風格，變化不大却是講求對仗，黑白相間而有層次。說真的，在膚色上有如此獨到之處，本該是陶皮膚科的傑作；陶皮膚科的三個小子，面目模糊，一個重覆一個，不是三部書，而是暢銷小說那樣的一版再版三版，邋邋遢遢出來了，封面不變，一個個都是做老子的一個模子裏翻砂的小駝背。這都顯示出陶大夫之缺乏創造性，而那麼精明厲害的先生娘，在合作繁殖這三位小國民的期間，使人難以相信她在這一方面，居然沒有參加一點點的意見進去，這有可能嗎？除非是一而再、再而三的怠忽了；然而這仍然是令人難以置信的。

黑白集的男人自從首先發難，遭遇太太的痛擊之後，乃有很明顯的悔意，乖而勤勞，回家就掃地抱孩子。雖則黑老七已是三歲多的孩子，爸爸不在家，沒有住過脚的到處跑，到處闖禍，爸爸一下班回來，就黏上黏下的脚不着地了。瞧那麼白淨魁梧四十開外而不長肚子的中年男人，一手抱着孩子，一手拎着畚箕去倒垃圾，不能不使人有焚琴煮鶴之慼，作暴殄天物之歎。若是挎着黑老大逛在馬路上，一單眼兒，人若不以為他是他女兒的男朋友，我可以抹腦袋，龍長臉上一根皺紋也找不出，即使割片檢查的話。

他懷裏的黑老七，和賊家頂小那個男孩其實是一般大，好像都是在婦產科醫院過的第一個年，照中國人的年齡計算法，這兩小傢伙都很吃虧，落地不到一個禮拜就算兩歲。

賊家頂末的小男孩，褲子腰口裏插着三四根竹劈，很像是壞了的活動躺椅上折下的。小男孩踿着武俠片子裏鏢客們的步式，如入無人之境的昂首濶步在人口密度這麼大的弄堂裏。黑老七在他爸爸懷裏眼饞的盯住地上的小鏢客，從他爸爸的左肩移至右肩，勾着頭看，不知有多期切，可就是戀棧着不肯下地。

賊家，這是個太過寫實的綽號，沒有一點點幽默感的味道；雖是我們兩口子私底下命的名，但只要說出口，弄堂裏哪一個聽了都會立刻意會到那是何所指。

但只一點，賊家的女孩子一個個都很成材，一點兒也不賊，讀的都是名學校，這個頂小的小子，還看不出甚麼趨向，大步大步的走近來，叫人擔心插進短褲腰口裏的那一把竹劈，不要戳壞了甚麼地方。

孩子停下小脚步，小而精靈的眼神裏，看得出完全有他自己的另一個世界，嚴肅中略帶些兇狠，抽出腰裏一隻寶劍，撇着嘴叫：「我是警察局！」寶劍狠狠的打一下挺起的胸脯。接着每這麼叫一聲，寶劍便在自己胸脯上狠打一下，小眼睛裏完全沒有我們這些人存在。直到有一下似乎打重了一些，小臉蛋兒苦了苦，這才住手，才不再叫了，而且愣愣的獃了好一陣。真怕這個小東西把自己打出了內傷來，隨時可能咯一口血的樣子。

「閃開閃開，」顏家那個一臉強橫的男孩子，把賴着不肯動的小東西推摔到一邊去：「碰到你不要哭！」

一批年齡相近的男孩，砍紙牌發展到了這裏。一隻癩狗混身癩得只賸稀稀可數的幾根脊毛，又老又厚的皮膚呈桃紅色，很像一條毛毛蟲，不知哪兒闖來的，夾在砍紙牌的孩子們裏，盯住一個嚼澎湖蜜餞魚的男孩子看嘴，搖着使人疑心下過鍋的光禿禿尾巴。

也許嚼澎湖蜜餞魚的男孩子，便是癩狗的小主人。

也許牠該去找陶皮膚科看看，打兩針，吃點藥甚麼的。

賊家的小東西，倒是很倔強，砍紙牌的孩子們往前移動過去，小東西又回到剛才佔領的原地，憤怒的咬緊小小嘴巴，眉心皺出一個肉疙瘩。

俗話說，兔子不吃窩邊草，賊家許是因為並非職業賊，不受行規限制，我們弄堂裏每一家都承蒙光顧過。孩子的撲滿如果不見了，明天賊家倒掉的垃圾裏一定有砸碎的小肥豬。像罐頭、冰箱裏的汽水、乃至拖板、粉筆、紅墨水、晒衣夾子、香港脚的藥粉等等，必然是失之東隅，收之桑榆，馬上可在賊家找到，就是那麼個坦率爽直決不掩過飾非的賊人。去年把他們緊鄰的高家電晶體收音機偷去了，偷來就聽廣播劇，聲量開得很大，被高先生找上門。賊家媽媽說：「哎呀，是你家的啊，真不好意思……」一扭住和我家阿雄都是一年義班的那個小老鼠的耳朵說：「趕快，給高伯伯磕頭，好好磕，高先生你請坐，難得你上門來坐坐呀，真是！遠親不如近鄰呀，不是我說……」

有這樣的人家嗎？不可多得的。賊家的老太太倒還是比較練達而知禮的，打我們阿雄手裏拿去鵝毛扇：「小人家搧甚麼扇子呀，阿婆等着生火呢。」就那樣的拿走了，當然這是不能視同盜竊的。而他們家有兩個女孩，先後都進了那麼難考的女校，穿着郵差綠的制服，低着頭上學去，低着頭放學回來，而外便足不出戶，從不跟弄堂裏誰家的誰理會一下，所謂抬不起頭來，約莫就是這個意思。智商很高的人家，這也是不能不承認的，警員似乎是常來他們家，接受小老鼠的昆仲們大禮參拜。弄堂裏多半都是熟知的。

只有一次，陶皮膚科的紗布失去了一捲——或者是一綑，不知道該以甚麼單位計算，度嗎？量呢？還是衡？我們是外行人，不大懂得。但是足夠做一頂嬰兒車蚊帳的，那時這個腰佩寶劍的小東西似乎出生不久。陶大夫找上門來，這一次是賊媽媽親自磕頭，可以判斷是賊媽媽親征的戰利品。陶大夫把小蚊帳扯到公海上來，手撕脚踩，發瘋了一樣，背顯得分外的駝得無情，大家反而議論起陶大夫未免心狠手辣過分了一些。

比起陶皮膚科，高家兩口子的氣度可算恢宏無比了。兩家緊鄰，後院只隔着短籬，高家兩口子，白天分頭上班，家只是供應早餐和睡覺的地方，自從電晶體收音機失而復得的事件發生之後，反把門鑰托給賊家保管，遇到陣雨，替他高家收衣服。這都很使為鄰居的我們捏一把冷汗的，而高家居然自從這麼個措施之後，其怪遂絕，比雇用了門警似還安全可靠得多。

高家是個沒有聲音的人家，人會以為他們兩口子過的是默片生活，也從不到公海上來活動。像這樣夏令辦公時間，長長的下午，高先生偶而出現，頰上留着涼蓆的花印，然後塑膠口袋裝着隻隻可數的饅頭，穿的是忽而流行的花短格褲。整個夏季，只聽他跟黑白集的男人說過寫出來不到兩行的話：「短褲三十塊錢一條，便宜；配雙深筒襪、涼鞋，你說多少？……」大概就是這樣的意思，笑得很無可奈何的孤苦。

默片先生和黑白片先生，都是一八〇以上的身裁。然而論帥，還數後者。不發肚子，這就是中年男人的荷爾蒙信用狀；所以要配上白皮鞋，髮蠟塑的 All back，有架子小生的倜儻，但無架子小生的輕浮，所以要說這種一表人才果真和顏家女人有染，那就未免太不知愛惜羽毛了；那末黑白片太太拉着茶壺架式罵到公海上來，也就情有可原了。只不過罵的內容，部分似乎欠妥，措詞也有待商榷；把「不准你再上我牀」作為制裁的量刑標準，守着那麼些黑白相間的大兒女，對于德、智、體、羣四育，不能說沒有很壞的影響。弄堂裏的男人們把「奴家不是那種人，上來也是白上來」的張秀才笑話引申出來，大男孩子們接力過去，極有可能散佈到學校等處。雖然並非甚麼了不起的嚴重，但是想想這都不很雅觀的。

黑白集家的黑老七，不知怎會捨得他爸爸的慈懷，而且跑到公海上來，就跟賊家的小東西交惡起來，擠着眼一陣亂打亂撕扯，毫無技術的鬪毆，若不仔細的觀察實在不知道爭的只是一個汽水瓶蓋。

然而四隻小手膠着在爭執的焦點上，間或黑老七惡狠狠的下口咬，露出雪白的奶牙湊近去，看來只不過是嚇唬嚇唬人而已。

「你……你是豬，我吃！」適才自打自，打痛了肚子的小東西，努力而不很成功的翻着白眼珠。

「你是，你是香蕉，我吃！」

「你是丫丫（鴨鴨），我吃！」

「你是……你是……」黑老七靈感顯然有些枯竭，口才也不很好，大喘氣喘了半天。「你是臭臭，我吃！」

「啊，你吃臭臭！你吃我臭臭啊？……」

「又磨啦！ㄉㄧˇㄉㄧ！」

黑老七的白四姐叫喊着。五關沒闖過去就死了，閒差事的靠在高家窗子底下。這女孩叫喊一聲，好像就已經盡到了責任，繼續監視把關的踩到了線沒有，穿的是拾她姐姐的秋香色摺裙。兩個小傢伙依然僵持着。

秦始皇家的電唱機不知基于甚麼重大的理由，居然暫告沉寂——只能說那是暫時性的——然而弄堂裏並沒有因而靜肅一些，紅葉們叫囂，過五關的猛嚷着：「你死了你死了！」「別賴，我沒死！」陶家老三苦練溜冰……足見弄堂之不寧靜，不能完全歸罪秦始皇家的收音機兼電唱機，這要憑良心說話。

落榜的小子們聽着秦始皇家的大兒子吹的很得勁。帶着動作表演的吹，使人想到武俠片的低級趣味，撅着屁股候教，一脚不曾踢上去，早就咚咚咚對準一口不相干的水缸一頭栽將進去。屬于生旦淨末丑的末的角色，無名無姓，專門表演捱揍，偶爾也扮扮替身，臨時演員的日薪之外，尚可爭取捱殺捱砍，以便裝死一次，拿一個紅包。這都是秦始皇家的四女兒講的。後來話露了底，做哥哥的答應給她要一張簽了名的明星照片，結果送給女朋友了，兄妹吵了嘴，妹妹失言，捱哥哥揍了一嘴巴。

「妙透了，這種事，片場裏常有……」

秦始皇家的大兒子抱着光膀子，搓上面的灰鬮鬮，搓着撲落着，尖嘴，笑出一對鋒利的虎牙。那笑是看破一切的笑，「這個太平常了！」不置一顧的搖搖下巴。

然後以一種提掖後進的長者味道，教給落榜的小子們走甚麼門道打進電影圈。

儘管如此，這個常常故意不把油彩洗乾淨的大小子，還是很尊老念舊的；孝敬退休的祖父自然不必說，見了我們這些緊鄰長輩，忘不了喊聲伯伯，行一個康樂隊員的軍禮，舞臺化的油，倒不失其可愛。

然而陶皮膚科家的人，還有高氏夫婦兩，很顯然的是覺得這個弄堂有些兒盛不下他們。高家窗口上趴着些小腦袋看電視，而不管天氣有多悶熱，門是不開的，不睦鄰，也不不睦鄰。奉行門羅主義，不過如果釋作門可羅雀主義，倒是形象化了，雖然牽強，還是很傳神的。只是對陶皮膚科而言，未免就跡近咒人，不夠厚道了。除了陶家，弄堂裏盡是吃薪水飯或退休金的人家，沒有多大禁忌的啦，反正邊老頭的生意早砸了。

邊老頭的生意垮掉之後，他是決不接受老伴所謂的你也是做生意的料嗎？你也跟人商量商量嘎！那麼個窮山坳子裏也有生意好做呀，氣死人不氣死人！……這些個咒怨和質詢，老頭如何嚥得下去呢？反省結果，非戰之罪也，坐在門前的公海上搖扇子，一臉的「天——哪！」那種屬于驢生的凄苦、清慘，夜觀天象，這才發現種種逆境，原是大門朝着了秦始皇家的屋山牆之所致。到街上，不知甚麼樣的店裏，買來一面中間嵌着小鏡子的八卦盤。你總不能把人家屋山牆給扒了呀，就用八卦盤釘到西式的玻璃門楣上，來一個反彈球回敬過去！弄堂口上若是有人問路，孩子們便眨眨眼說，門上有小鏡子的，就是邊家。邊老頭的凄苦、清慘，縱然依舊，心中總會有些盼望的，逢人就講，八卦盤釘上的第二天，兒子就匯來一百元，美金呀！婦人，夠妳打五個月的工！由于毛豬運銷情形發生滯碍，菜鷄的行情也跟着看漲，這都是運道呀，老太婆！而邊太太訴苦如常，「他放屁！甚麼運道！走遍天下遇不着這樣的老敗類，瞞着我，買了個倒頭的屏風回來，擺甚麼窮舖呀，紗窗上那大的洞，他不補，你說氣不氣死人！」

然後，邊太太還有陸續的氣死人的事，不絕如縷，譬如就說紗窗上的洞罷，窗臺上螞蟻搬家，搬家就搬家罷，老敗類閒得手癢，點着了報紙去燒，不是往年那種鐵紗窗啦，就連這點見識也沒有，老糊塗不老糊塗！尼龍哪見得了火呀！三天兩頭就給你戳個紕漏。過年剩的兩根乾臘腸，掛在厨房樑上好好的，老敗類閒得手癢，給掛到窗口上，說要見見風。乾像鐵棍子樣兒，還怕爛了不成？好啊，夜裏老鼠打窗子外頭爬上來，隔着紗窗啃罷，紗窗上啃出一串兒的洞洞，臘腸也給截了一塊又一塊，你說氣死人不氣死人！邊太太是這樣的跟鄰居們呼籲，儘管並不一定想請誰來給她主持正義，但每次哭窮到這個階段，眼圈兒也就紅了，帶着一種重感冒的樣子。

我和我們那口子遇上這種情形，都是很不擅長于安慰人，搜盡枯腸找不出治療這種重感冒的藥方子。當然，虛情假意的奉承也還是湊得出一些些，或去幫忙罵罵那位氣死人的糟老頭子，多少可以為這樣苦命的人平平氣，可是總是不由人的吝嗇着，至多陪着苦笑笑，搖搖頭甚麼的的。然而類似的表情略略持久一些，自己也會心虛起來，能夠自覺表情愈來愈假，這是無可奈何的事。

邊太太下班回來了。提着不甚透明的塑膠袋，判斷是蕃石榴或者蓮霧之類的水菓，走路踋踋的。這麼早下工，穿戴也很像個樣子，看慣了不覺得，憑這樣也就可以使人為勞工們的待遇感到安慰了。我也算是很容易樂觀的人。以前弄堂口對面隔着馬路的那一邊，一片稻田，稻田中間有條斷斷續續的小街，房舍零落而乏款式，屁股朝着我們弄堂。遠遠看去，其中有一家，稻草垛子見年增加，垛子一年大一年，多一年，真是三七五啊。說是那條小街可以找到洗衣服的，去了，漫空的一家家問，問到稻草垛子那一家，感到很難堪，那是一家半機械的草繩工廠。我得承認我是常常樂觀錯了的人。後來才聽說，三七五的農民很富裕是不錯的，而富裕得根本很少收成稻草了，因為費去許多人工收割、晒乾、堆垛子，比起爛在地裏做肥料太划不來了。可憐我還用老家裏的標準比草垛子大小來衡量產業呢，也算是跟不上時代的人了。

這才發覺邊家老兩口又在吵嘴起來；下工的邊太太收緊了下巴站在門口生氣，數說她正在漆着牆壁的穿一身美爾登呢舊中山裝的老頭子。

我們這一排房子都是不知甚麼人瞎謅的所謂文化牆，半截磚砌，上半截牆外是魚鱗板，牆裏是木條石灰。漆漆外牆本不是椿壞事；「你可是閒得手癢啦……」這未免無理取鬧。「我的事，妳少管！妳是想轄制我啊，媽底皮……」這才是有理不講理呢。「你說你氣死人不氣死！你要漆，也漆漆牆板子，水泥牆漆個甚麼勁！」有道理啊，魚鱗板是該上上漆保養保養，磚砌的水泥牆確實沒有上漆的必要。「嗯，妳有見識！妳能！妳有本事賺錢！媽底皮，少跟我來這一套！」這就道出蹲閒在家裏的那口怨氣了。「你花錢買油漆，也買鮮亮點的；灰不灰，黑不黑的，你圖點吉祥罷，老東西！倒霉倒八輩子了，你沒倒夠，我可早倒夠了。」這是不能怪老太婆的，人倒霉，忌諱要多了。「妳倒夠了霉妳走！我花甚麼錢啦？我也沒花妳的。還說我花了錢買油漆！我花錢啦？花誰的錢啦？說我花錢！媽底皮，人家漆房子臢的，我花錢啦？……」

原來是有理好講的，很使人弄不清甚麼緣故必須不肯講理而非要吵吵不可。我得把躺椅換個方向，臉埋進晚報裏，裝作不曾聽見；若不然，不插嘴勸勸也不好，勸又怎麼勸法呢？……

忽然石破天驚的一聲，誰家的玻璃爛了？

彷彿下一個口令，公海上的人們立刻靜寂了；落榜的大孩子們、辯嘴的邊家老兩口、磨牙的小東西和黑老七、秦始皇家的女生們、陶家老三的溜冰鞋、盛老太還在繼續中的數說……全都暫停了，秦始皇家的電唱機剛才就關掉了的。

開始有人喳呼。

一定的，準是紅葉們闖的禍。

昨天就曾發生過，賊家的玻璃門也是石破天驚的這麼一聲，不過確定不是紅葉們幹的，應該說是不攻自破吧？咱們家阿雄說，他親眼看見是賊家自己的老五打破的，一枝登山杖，兩頭都包了鐵，跟黑白集家黑老五手裏的天山龍鳳劍鬪法。「一點也錯不了，」目擊者的阿雄說：「人格擔保，絕對是老五的禪杖碰到的。」老五老五的，阿雄口裏說得明白，我們聽不明白。

「恐怕也有你的分兒罷。」他媽媽緊張起來。急得阿雄張大了半天的嘴，最後要對天罰誓，跺着脚。

聽說這事情已經過去了，黑白集賠給賊家十塊錢了事。不過又是誰家的孩子多事，給黑白集遞情報，黑白集家的媽媽很生氣，後來想了想又算了。「權當給他家偷去的罷，」這樣安慰了自己。「算了，看他們家窮兮兮的分上！」而後來又不知是誰，把這話傳給賊家。賊家的媽媽也很生氣，要把十塊錢退回去，「我們也是清白人家，她憑甚麼這麼糟蹋人！」

然而，也許划算了一下，十塊錢畢竟是比一塊錢也沒有的好。據確息，十塊錢還是勉強收下了。

由于大眾傳播事業在我們的弄堂裏是這樣的發達，論其利，彼此的意見極易而且極快的就溝通了；論其弊端，恐怕不及一一列舉，一如弄堂裏每日所發生的事端一樣的龐雜。而惟一可以結論的是，我們的弄堂該是這個大都市裏惟一的落後地區。輿論不是日日在強調我們已從農業社會踏上工業社會了嗎？敏感的詩人們早已敏感到物質文明的壓力，小說家也在尖銳的表現了人與人的陌生和隔閡，藝術家給我們指出了人的孤絕……這樣看來，我們弄堂的色彩還是很麻木的，秦始皇家的電唱機于短暫的沉寂之後，重又開播，幽幽的唱着：「負心的人……」餓過了火的乏力和失去胃口，住的都是玻璃櫥窗，人是熱帶魚一般的腸子根根可數，游在公海上，親愛的夏令時間裏，自來水管接長了往房子頂上冲涼，一樣的土香，我們不知甚麼時候才能沾上工業社會的邊兒，庸俗的打擾勢必延宕而有被判無期徒刑之感……。

自然這是用不着急于灰心的。黑白集家的白老三還書來了，轉轉眼的工夫，已是說得上豐滿的女孩，書名「夜茫茫」和「出牆紅杏」，我是不大去摸它們，我太太炒菜和上馬桶時，常捧這一類的書，而且不放過每一部由這些文藝小說所拍的文藝片。我家人口輕，家事簡單，除了很有這種文藝氣息，此外也就乏善可陳了，不大遭受物議的，從來不打麻將，晚報上的連載一天也不錯過，就是這樣了。

一九六八年九月三日黎明 內湖

初刊於《文學季刊》

大風車

又到了這個時候——下午的最後一堂課。

這樣的時候，就感到凡事都很有生趣；熬過這堂課，要野的地方真夠多的。初初住到難民所裏，一切都很新鮮。第一就是小孟大哥那兒，看他永遠搓不完的蔴繩，只要大風車那轉動的機械的響聲，和來自九泉之下似的活塞抽撞的動靜不絕于耳，彷彿便能使人沉迷在一種說不出的感動裏。而尹茂畜不喜愛那種情趣，眼睛像太平間的死人那樣在那裏打盹，口水滴到課桌上，他是處在昏迷狀態。而第一次打太平間門前過，他居然說裏面一定是救火車。八月的太陽吊在西南角上，把大風車無大不大的影子擺在操場中央。那是一面平鋪的國旗，十二扇風翅緩緩的轉動着。

溫老師給我們上自然課，但我不想聽，望着操場中央大風車緩緩轉動的影子。溫老師是醫院裏最年輕的大夫，和我二哥都是去年才從齊魯畢業的新醫生。二哥不肯到南醫院來做大夫，爹也是那樣，教會一向都不喜歡我們這個家族，說我們太世俗了。因為我們禮拜天不在門上掛休業的牌子，爹照常給人看病，不守安息日。其實那個賣野藥出身而開醫院發了財的施長老，還不是前門關閉，後門照做生意！但是他肯掛那塊「今日禮拜，休業一天」的小木牌，教會就很喜歡他，我們都知道這些的。爹要肯那樣做，我猜教會就不至于通知他，叫他辭掉執事的義務職了。不過也還有別的原因，我們是外地人。爹也不在乎那些的；教會裏批評爹是站在兩隻船頭上，爹只淡然的笑笑，抽他的菸斗。抽菸也是教會不容許的，我發誓等我長大了一定也要抽菸。我知道，大哥為了拉游擊，給一個大字輩的孔三太爺遞帖子，燒香叩頭甚麼的，被教會知道了，要開除他教籍。父親說：「不去計較那些，我們做家庭禮拜。」大哥不知給家裏找來多少麻煩，但是爹總給他幫腔，替他收拾爛攤子。奉軍在我們家抄出國民革命軍總司令委任狀的大封套，那時我沒有出生，父親和二哥都被抓去。過堂的時候，我爹大聲叫着，說大哥是他收養的壓堂子，因為不務正業，早已把他攆走了。爹故意那麼大聲喊呼，好讓關在另間房子裏的二哥聽到。審到二哥時，口供就完全一樣了，軍閥們居然就把他們倆放回來。媽告訴我們，不知是誰又把這個傳到教會裏去，他們批評我爹犯了十條戒——作假見證。我想，我們家犯的教規實在數不清，但是耶穌在我們家裏，我們都感覺得到。溫老師給我們講自然課的鐘錶，我不要聽。我曾把父親的一座德國製（鐘面上那三個中國字一定是德國人寫的，歪歪扭扭的很賴）鬧鐘拆卸到不能再拆卸的地步，結果像大哥一樣的，讓爹替我收拾爛攤子，爹還給我講了發條做甚麼用，遊絲做甚麼用，那麼多大的小的齒輪，我都知道是甚麼作用，教科書上可沒有這麼詳細。國語課本裏我們讀到蓋利略被教堂的教士毆打過，因為他說地是圓的，違反了教義。同學們都取笑我，好像我也夾在教士們當中，給了蓋利略一拳，我感到很丟臉。正好在金陵神學院當希伯來文教授的叔父回到老家來探親，我捧着課本問叔叔，為甚麼教會裏不准人說地是圓的？叔叔在跟大哥商量甚麼打官司的事，似乎是他從希伯來文譯的串珠聖經已經獲准了專利，又被甚麼人翻印了。教會裏勸他不要上法院去爭錢財上的利益，影響教會的名譽。那時叔叔正在著作聖經百科全書。他是從廬山直接回來的，我們看到蔣委員長請他參加廬山茶會的信，他說這仗是非打不可了，而且要作長久打算，出名的廬山「茶會」就是請教授學者們去商量抗日大計的。叔叔給我打開他那本隨身携帶的羊皮面子聖經，找到以賽亞書四十章，叫我從二十一節讀起。他又和大哥談到神學院正在計劃遷往四川的事。

叔叔好像是隨便打發我的，免得擾亂他和大哥談心。我就無可不可的從他指給我的地方讀起了：

你們豈不曾知道麼？你們豈不曾聽見麼？……

啊！又是你們、我們、他們、阿們的！

從起初豈沒有人告訴你們麼？自從立地的根基，你們豈沒有明白麼？上帝坐在地球大圈之上……

我抱着聖經跳起來，心像聖經的燙金邊那樣閃光：

「那個教士幹嗎還要打蓋利略呢？」

叔叔推推他的眼鏡，用他那雙肖似祖母的眼睛深深的看着我。「因為那個教士沒有聖經。」

我把聖經帶到學校去，尹茂裔他們就不再笑我「嘿，你們耶穌教！」

而我們的學校被日本人轟平了。

聽那個老在我們校門口賣棗餅的老頭打城裏逃到難民所來說，五十七軍留在城裏的部隊，最後爬在我們學校的雨操場頂上和日本人打巷戰，日本人就用擲彈筒好似下雹子一樣打我們學校。我那個課桌上還有我用削刀刻的新生活盾牌，自然也都化成灰燼了。我還是要刻一個才行，在我這張課桌上，兩邊的盾角不要再翹得那麼高。

要再刻一面新生活盾牌，就得乘早，我們這個臨時學校壽命不會長久。日本兵已經來過難民所一次，可惜我們都沒有誰見過。這個學實在上得沒有意思，倘若日本兵是我們放學以後來的，我們一定看得到：偌大的難民所，甚麼新鮮事都少不了尹茂裔、侯國瑞我們幾個。上甚麼學呢？課本都沒有，所有的課本都燒了。縣城淪陷的頭一天，魯縣長還來看我們。「沒有課本可能更方便，愛國教育到處都是教材……。」走出教室時，我們聽見他跟楊老師這樣說。可是哪兒有甚麼愛國教育！用升學指南給我們補習鷄兔同籠，我們從來沒有看過鷄和兔子裝在一個籠子裏賣，而且鷄和兔子的腦袋怎麼可能分不清呢？要用那麼多腦筋去計算！

守着那麼多的同學，讓魯縣長摸摸我戴着附有風鏡的航空帽子的腦袋，敢情很神氣。他上任之後，就到我們家拜訪我爹，卡其布的中山裝，又黑又壯又矮的個子。他說他第一個拜訪的是沈二先生，特去陪罪的。父親很稱讚他那麼識大體。「是該這樣，現在甚麼力量都要團結起來抗日了。」他走後，爹說：「你看那副敦厚相，哪像咬過他老師的耳朵！」姐姐們都笑了，爹很高興，臉是激紅着。而我弄不明白，大哥告訴我，那還是他和大哥在中學讀書的時候，「山東問題」鬧得全國沸騰，他們書也不讀了，到處去演講、遊行，發動民眾抵制日貨，唱着：「青島去，山東亡；山東去，中國亡，可憐我同胞……。」結果在他們老師沈二先生家的店舖裏抄出一箱「味之素」，當街燒掉不算，還把沈二先生拉去遊街，他和大哥一邊一個架持着，高喊着：「請看請看，賣日貨的漢奸！」而這個當了縣長的黑矮胖子居然一陣恨起來，把漢奸老師的耳朵狠狠咬掉了一塊，血淋淋的拿在手上示眾。

真的看不出這位縣長大人滿口給菸草燻黑的牙齒，曾經咬過他老師的耳朵。而這個臨時學校的老師們，一多半都該捱咬兩口耳朵。聽信外國人的話，不給國旗敬禮。那是拜偶像嗎？日本兵當然不准我們掛國旗，但那沒有用，瞧那大風車無大不大的影子擺在操場中央。那是一面平鋪的大旗，十二扇風翅緩緩的轉動，誰也搬不走我們這面大旗。

在家裏，遠看這架南醫院的大風車，就該是生長在城的西南角上一株碩大的向日葵。

城西的黑靈河，永遠是我們的樂園；踏青和放風箏的季節，河水涸去最多，草原似的河牀上，盡是油綠的球藻和白圭泥螺的碎殼，綿軟的河底，河風裏有迷人的腥香。然後我們捉蝦蟆蝌子，雨季過後我們釣魚。不久就是蹲在堤岸上看發大水的滾滾黃流。河對岸載着西瓜的木排漂洋過海的破流而來，水門裏的河堤上，多少行老板扛一桿大秤在那兒等生意。漲水魚，涸水蝦，漁船携帶魚鷹捕魚的時令一過，就是放蝦籠的晚秋了，油綠油綠的浮萍繁殖了一河。輪到我們跟着家裏的夥計拉起雪撬，拎着鐵榔頭下河收冰的臘月天，一年便就在裂冰聲裏結束了。

年年，年年，多半總是這樣。而無論寒夏，不管甚麼風向，只要我們爬上河堤，第一眼總是看見南醫院的大風車，高聳在那麼一大片紅洋瓦的西式建築上面，緩緩的，緩緩的轉動。

大風車是影在我們鬢上的一朵蒲公英，跟東跟西的跟進童話王國的夢裏。然而大風車是那麼理所當然的聳立在那個似乎非常遙遠的地方，那是遠于我們那個年齡探險的界線之外的一個遠方。我們都很認命的沒有過問大風車是做甚麼用的，如同我們從不過問為甚麼要有黑靈河，黑靈河是甚麼意思。

也許因為父親在他開業之前，曾在南醫院做過主治大夫；也許祖父是我們小城裏第一個傳道人，那也是一重關係；當然由于大哥曾是南醫院附設中學的畢業生，他那些專和洋人們搗蛋的笑話，總是永遠的講不完每一個乘涼的夏夜。所有這些，都使我們覺得城外這個規模好大的醫院是我們的一門親戚，雖然我們家裏難得有誰到這兒來看病。幹司藥的堂兄，老跟我們講甚麼南天門不南天門的，我就老把南天門想做南醫院。儘管它有個很像格言味道的名子，但是大家似乎都不愛咬文嚼字，只喊它做「南醫院」。在孩子們的心裏似乎那是一個很遠的地方，要走過大半個城，走下小南門的城坂，翻山越嶺的樣子。媽一路允這允那，允我回程坐洋車，經過那一帶吵人的機房，織布機那麼嘈雜，不知媽還允了我一些甚麼，拔牙的恐懼一直抓住我。記憶裏似乎就來過那麼一次南醫院。拔牙的是個女大夫，好像作為招牌一樣的有顆門牙總是含不進嘴裏。媽似乎和她有些認識，喊她梅姑娘。「不要怕，貝貝。不要怕，貝貝……」我猜她只會這兩句中國話。我是很羞恥，怎麼捱她喊貝貝！她忙着煮那些刀槍劍戟似的鉗子和鑷子，總覺得她是在忙厨房裏的事情。那一頭說長不長的黃髮，令人想到新收成的麥穰，攏在後腦上，用我們吊襪子的那種半透明的綠橡皮筋草草的圈緊。回家學給姐姐們看，不知道她們怎麼笑成那樣，身體都要折斷了。也許我少了一顆門牙顯得很滑稽。沒有想到那鉗子有些熱，也不是很燙，冒冒失失的碰到嘴唇，嚇我一抖。「不要怕，貝貝……」我是怕麼？覺得比讓她喊貝貝還羞恥，到家才懊悔，為甚麼忘掉磨着媽領我去看那座大風車，那可比坐洋車回家還划得來。

彷彿就沒有再來過這裏，直到現在把這兒當作難民所住進來。

所有的一家人，統都逃難到離城十二里的自家田莊上去。「小亂奔城，大亂奔鄉」，人們口上都掛着這個。當然他們並不能一直就定居在那兒，誰也沒有把局勢看到底的眼光，都說也許這樣，也許那樣，連在軍隊裏當了軍醫的二哥也沒辦法說定一家人終究要流落到哪兒去。我們唱着流亡三部曲，急于要遠遠的流浪去，那是最不用擔心捱揍的一種逃學。可是祖母年高了，決計住到南醫院設立的難民所來，誰給祖母作伴兒呢？姐姐們都大了，不敢留在淪陷了的地方。「奶奶要甚麼伴兒？七大姑娘八大姨的！」我是賴不掉了，只好取笑取笑祖母，給自己找點甚麼補償。祖母愛認乾女兒，爹常拿這話取笑她。那天剛進難民所來，就和尹茂裔碰見了，都覺得有些意外。我們坐在那棵洋槐樹下，抑鬱的唱着：「泣別了白山黑水，走遍了黃河長江，流浪，逃亡；逃亡，流浪。流浪到哪年？逃亡到何方？祖國的原野已整個在動盪……。」愈唱愈沒有勁道，感到很不得志，沒有去流浪。然後我們不要唱了，我提議去找大風車。大哥的一個當區長的朋友用崑曲唱腔，把整個民眾大會的人們都唱哭了，老太太們摘下金耳圈、銀簪子，捐給政府去買飛機大砲打鬼子。我們只被歌曲感動過，還不曾被流亡的生活感動過。那些流浪到我們小城裏的難民學生好叫人傾慕！他們在街頭上唱歌、演戲、控訴，個個似乎都有豎起拳頭的演說天才。我是有些懊惱為甚麼不堅持到鄉下逃難去。雖然不容易拗得過整天慣耳朵上不是掛着聽診器，便是戴着礦石耳機收聽 XGOA 消息的爹。但是如果我能表現得傷心些，媽自然會修改爹的主意的。

初來難民所的時候，我們真是愣頭愣腦的甚麼也弄不清，那天我們又碰到侯國瑞，繼續在迷陣似的那麼多樓房、走廊、花園和冬青甬道裏，一點兒也沒數兒的亂跑着去尋找大風車。侯國瑞告訴我們，劉漢瑞也沒有流亡去，他們全家都住進紅卍字會的難民所了。他們家信的是佛教，其實尹茂裔和侯國瑞並不信耶穌教，而也住到這兒來了。侯國瑞又忽然想起來，告訴我們吳長有也在這裏。我們摟着肩走在洋槐樹的林蔭路上，覺得比在學校時要親熱得多了。

「當然啦，」我說，老氣橫秋的忽然發覺自己很世故。「他爹在這兒打襍兒。」吳長有是我的仇人，小名叫作狗熊，是我的功勞，把他這個不雅的小名傳佈給全班的同學。做禮拜的時候，我聽見過他媽媽那麼喊他。他弟弟比我們低兩級，小名更糟。「狗熊！狗鳥！跟張姐姐到樓上去上主日學去。」在教堂裏那麼大聲喊叫，着實驚人。錢師娘忙去拍拍吳長有的媽媽肩膀，低聲勸她：「沒學名嗎，吳姐妹？喊他們學名罷。」回來學給母親聽——當然不敢直說那樣的髒話。小城裏人們都說，你只要聽那個孩子嘴裏乾乾淨淨，不夾一個髒字，那就是馬大夫家的孩子——媽說，敢情那也難怪，吳家是賣豆芽的人家，取個髒名子討吉祥是有的。後來受了洗，他爹才到南醫院打襍兒，推推剪草機，修修冬青行甚麼的。把狗熊和他弟弟的髒名子傳到學校的同時，我可又把他爹的行業一併傳佈開來。我們學着那個大家都很熟悉的賣豆芽老頭的吆呼：「黃豆芽——喲綠豆芽——嘿！」笑他爹專給花草樹木剃頭。後來吳長有惱我，和我成了仇人。主日學的時候，如果誰先到，那另一個寧可擠到小班去，忍受那種乾巴巴的幼稚和尷尬。最陰險的報復便是瞅他上便所，隨後跟進去，在他尿窩子上撒溺，叫他長不高。但狗熊更是陰險，考珠算的時候，初考時，我的六歸打不熟，老師叫着找根大戒尺，狗熊就找一根壞掉的桌子腿，可以做屋樑。我就只好到操場上找粗砂子磨手，準備捱揍。但輪到我捧着算盤走到老師跟前覆考，老師壓根兒就不記得我了，問我能打到幾歸，不知道我怎麼會忽然很機靈了，我說打到五歸，就一陣驟雨那麼乾淨利落的打完，手是白白磨得辣辣的、木木的。結果不知為甚麼，屋樑一般的戒尺居然打在熊掌上了，大約二十下之多，手心腫得像手背那麼高，真是報應！而我一直比他矮，也許也是報應，他總是排在最後一兩排，我是全班最矮的一個，一直都是坐在第一排的老位子。算術老師的老毛病，專找第一排學生上黑板，一點兒也想不出辦法逃掉這樣首當其衝的災難，唯一的辦法是流亡去，我不要上學了。但總是這麼不幸，偏偏給支使到難民所裏來，而難民所偏偏又辦甚麼叫人喪氣的這個臨時學校，現在除非是日本人堅持要解散這個難民所

——似乎有這樣的風聲呢。

雖然大風車明明是在醫院裏，但是房屋太多了，害我們東走西走，瞎子找瘸子一樣。醫院裏人是多的不得了，大約閒閒散散到處走動的便不是病人，沒穿白衣的便不是醫生和護士，一定都是難民了，侯國瑞說話咬舌頭，總是說爛民爛民的；這裏的難民倒還沒有甚麼破破爛爛的穿着，很多都是很面熟的甚麼師娘，甚麼姐妹，有些像趕來參加奮興會的樣子，見面就問候：平安哪，蒙主的恩典哪……我們一家人都不會這一套，就像我們嘴裏沒有一個髒字兒一樣。

仰着臉走在一棟棟大樓之間的甬道上，往空中尋找。暑假裏我們用麥粒嚼成麵精，挑在細竹竿的尖尖上去黏知了，就是這樣子把脖子仰得痠痠的。老遠我們就聽見大風車那機械運動的磨擦和絞轉的響聲，我們好樂的追向那個方向去。

經過一棟緊挨着醫院院牆的灰平房，緊閉的單扇門上漆的有白色大字「太平間」。我們停下來喘口氣，研究裏面會是甚麼，尹茂裔猜的可能對，他說一定是放水龍的地方，因為救火車叫做太平車。

「不見得，」我不樂意叫他自以為多麼聰明過人；他自從滿十歲去掉耳朵上的銀耳墜兒，就不像以前那樣老被人開玩笑，而老是覺得不如人了。

「門那麼窄，哪有這樣小的救火車！」我說。

「也許醫院裏的水龍就很小。」

我若早知道太平間的意思，就要好生逗逗他了。

我們好像見到神祇一樣，那麼崇敬的仰望着頭頂上緩緩轉動的大風車，好大的動靜喲，好高的鐵塔！

一直我們都不知道也不曾想到要探問大風車是作甚麼用的，好像它就是與天地共長久的一直聳立在那兒，和地球乃至所有的星球同樣的永不休止的運行。在那通到天上去的鐵架中央，有一根直立的鐵柱隨着風車的轉動，提上去，又壓下來；提上去又壓下來，來自九泉之下似的空蕩而深遠的響聲。繞過太平間，面前是一座一丈多高的水泥臺，彷彿一棟不小的平房，便是大風車鐵塔的底座。我們繞着水泥臺的周圍走，以為有門可以進去，但只有嵌入水泥壁上的鐵梯，通往鐵塔的頂端。等到繞到向陽的一面，便發現一方和書桌桌面差不多大小的青石版嵌在水泥壁裏。青石版則像墓碑那樣彫刻了許多文字，也是和墓碑一樣的文言碑文，我們開始像預習古文觀止，磕磕絆絆唸着，跳過一些冷字，讀一些半邊音，猜測那些好乾好澀的意思。

碑文似乎是說，建院的當初，雖曾把給水設備也列入在工程裏，可是小型的唧筒根本就不夠偌大的醫院需要，靠人力壓水和運送也不方便。小型火力發電機只供照明和X光放射用，沒有辦法再裝那麼多的打水馬達。後來就開鑿一口深水井，利用風力壓水，水量不但足夠醫院和附設中學使用，而且還可以直接供應到最高的四樓……。

嘿，原來是一口打水的水井，才想起來怪道大風車是幹嗎的呢。

「我們上去玩兒罷。」侯國瑞忙往鐵梯那邊跑去。

我們沒有耐心唸完那些拗口的碑文，文言文實在是存心刁難人的很討厭的東西。但是沒怎麼留神的再瞥上一眼，我的眼睛亮了。

「來看，來看，有我爺爺名子！」

好了，重再繼續啃起和青石版一樣硬的文言文罷。原來這座大風車——應該說是這口大井罷，是由許多人捐款興建的。因為義和團燒燬「洋磨坊」的賠款，是卡緊了用在原定的工程上，此外再沒有餘款，「爰由馬延吉長老募資奉獻……」二十多位捐款人，祖父名列第一位，捐獻了大洋二千元，其他都在百元以下。我多麼樂！大風車簡直是我們家的呢。但我們家從來沒誰講過這個。祖母說：「你爹那個脾氣，打小到今沒誰拗過他。別說風車，城裏大禮拜堂，要多少錢才蓋得起來？你爹賣了六十多畝地捐進去，大概四成他就擔了一成。地是你爹置的，又不是祖產，誰攔得住他？大禮拜堂蓋好了，也是要豎石碑的，你爹不肯把名子刻上去，教會來人也不知道交涉了多少趟，你爹才答應用你爺爺名義，只是沒有豎石碑，進大門那塊刻金字的石版後面，有個方洞，錫盒子裏才有捐款人的名子，外面看不到的……」我想着那二千元大洋，實在不少。我們做一套棉綢童子軍制服，外帶白銅扣子皮帶，半長筒靴，又是鍍電萬能刀、水壺、肩章甚麼的，也只三塊錢，我知道爺爺是沒有錢的，他和祖母在外面傳道，遠至一二百里以外，從來不拿教會一文錢，都是爹供給他們化費，大風車的捐款，一定也是爹出的。可是教會偏偏討厭我們，不知到底為的甚麼，總不會是爹不肯丟不下他老菸斗的關係罷。

那末，爬上去看看罷！就像請同學們來家裏玩，爬自家的樓梯一樣的仰仗。爬上水泥臺，原來水泥臺上有一間小房子，微斜的平頂，全部都是水泥做的。小房子一旁，有亞鐵做的大蓋子覆蓋着。我們跑過去，要掀開亞鐵蓋看看下面是否水井，忽然一聲喝叫，我們都給嚇了一跳。

「小孩子，滾開！」

那間小房子門口出現一個好高個子的傢伙，手裏握着一把鐵扳手。

「看看不可以嗎？」我說，感到聲帶有些發抖，不全是害怕，可能還是很氣憤的緣故。

他不聲響，瞪住我們。分明他在睡覺，厚厚的顋肉上印有籐椅的花紋。他真像一隻「人猿泰山」裏的大猩猩，好長好發達的下顎，腦門和鼻子則是扁塌下去的。我要是告訴他，大風車是我爺爺捐的兩千塊錢造起來的，不知道他會怎樣。我們看看他手裏那根黑骨頭似的鐵扳手，只好老老實實從水泥臺上退下來。

而大風車愈是神秘了。夜裏，從夢裏醒來，又回到夢裏去。夢裏夢外似乎都聽見大風車那機械運動的摩擦和絞轉的響聲。我和祖母住的是北紅樓一〇二室，跟大風車還隔着三排大樓，夜靜的時候，那響聲，不知該說是來自天堂還是來自地獄，總是那麼幽寂而遙遠的一種聲響，或是一種可以意會的語言，另個星球上的樂曲。我要搬出祖母去降住那個大猩猩。儘管教會排斥我們這個家族，但對祖母，沒有誰不必恭必敬——即使是偽裝也罷，他們不能不承認祖父是這小城的第一個傳道人，而且從不接受教會的一文錢。可是祖母不要去看大風車，毫無道理的不要。「有甚麼好看的！」我便用那裏有祖父的名子引誘祖母，說我們捐那麼多錢，怎麼可以不去看看呢？祖母動容了，但還是不要去。被我跟裡跟外的纏着，祖母才說真心話，「我不要看到太平間。看到太平間就想起你爺爺……」我才知道太平間是個甚麼樣的地方，等不及要找尹茂裔取笑他。可是幹嗎還要把祖父遺像掛在那兒？不是一抬頭就想起爺爺麼？「怎麼一樣？」祖母打金絲眼鏡上邊翻起眼睛看看爺爺的放大相片，又看看我。「怎麼一樣？」我們家只贜祖母一個還說地道的老家土腔。我光知道祖父是被鬍子害死的，其他細節都很渺茫，沒有誰告訴我們孩子們。

「那我們就打南紅樓西邊繞過去，不走太平間那邊。」

我把拐杖用搌布擦了又擦，遞給祖母。

「這還是老華牧師去莫干山避暑，走杭州帶回來送給奶奶的。」拐杖的來歷，祖母一直都忘記她跟任何人都曾說過無數次。「老華牧師比你爺爺大一循（十二歲），都是屬馬的。跟你爺爺一見面，就說：『噯，咱們一對老馬！』誰知道主就把他們倆一道接了去……」

「媽跟我講過，他們倆都是一起給土匪害死的。」

「你媽講了？」祖母停下脚步看我。其實我不算太矮，快趕上祖母一樣高了。

「她怎不聽你爹的？」

「聽甚麼？」我看着祖母不大好的臉色。

「你爹不是不要你們打小就學着忌恨人？」

「忌恨誰呢？媽也沒教我忌恨甚麼人。」我說：「我也不是小孩子了，明年……」

「也是，唉，也是……」祖母走着，自語的念叨着。「其實甚麼土匪？兒本人裝的。」祖母永遠改不掉老家的口音，咬不清「日」字。為甚麼呢？日本人為甚麼要裝土匪殺害祖父和老華牧師？「也是，你是長大了，該知道些個了。」祖母說，手扶在我肩上。

「你爺爺，其實是陪上的。」

「日本人要害的不是爺爺？」我覺得我實在很懂事了，很夠資格同大人平起平坐的搭談呢。「日本人跟美國人也有仇嗎？」

「同美國人有甚麼仇？同中國人有仇！」

我倒愈是弄不清楚這筆賬。「那不還是存心要害爺爺？」

「看你挺有心眼兒的！」祖母矯作的生起氣來，拐杖在小石子鋪的甬道上頓了頓。「他們兒本人假裝中國土匪害死美國人，還不是存心要給咱們中國找麻煩？

——白聰明靈利，轉不過彎子！」

我是覺得真的有些轉不過彎子……。為甚麼？找麻煩嗎？大風車鐵架的影子投在地上很短，我們踩着它重疊的不成形的影子，走到水泥臺跟前。

略迎着陽光，鐵架上有人從那上面下來。而風車呆呆的停着不轉。風車壞了麼？那人迎着陽光，手脚併用的一步步從鐵塔上退下來，身體四周給太陽光鑲上若有若無的光邊，金句畫卡上的耶穌，常是那樣的周身發光。

「那是小孟嗎？」祖母手遮在眉上望上去。

他就是小孟？好耳熟。好像是祖母一個乾女兒的兒子——我們老家裏來的人，好像脾氣很壞，在南醫院裏老跟人打架，打過架就給爹磕頭，請爹給他說情，那時爹還在南醫院當外科主治大夫。但我不太記得是否那個聽來的人物就是他。

「小孟嗎？」他下到水泥臺上，祖母喊他。那不就是那個大猩猩麼？

「啊！」他往下俯視。「佬娘，你老也來了？」

他把手裏的黑扳手一丟，抓住扶梯往下滑，沒下到一半就來不及的一放手，跳到地上。人真不相信那麼一個愣頭愣腦的愣大個兒，會這麼溜活。

「好啊，佬娘來有三天了，你也不來看望看望……。」

「嘿嘿，你老……你老……」就像人不相信他能那麼溜活一樣的，忽然他害羞得手脚沒處放。

「倒是真真的行客拜坐客，要佬娘先來看望你了……。」

祖母實在不該再窘他。我是急切的等着要爬上鐵塔去玩玩。

「大舅他們都來了不是？……」

我不管祖母用手杖指着他，數說他幹嗎長年不去我們家，「是佬娘得罪你了？還是你大舅他們得罪你了？……。」我已爬上了水泥臺，再爬鐵塔。

真不知該怎麼說，在我爬上鐵塔頂端，手摸到大風車停轉的風翅的那一刻，我是有多奮昂！只有過那樣的一次罷，近乎我這種感覺。我夢見火星要和地球相撞，多半是少年文庫的科學知識給我的刺激罷，記不得了；我夢見火星向地球運行而來，緩緩的滾轉着，一點一點的脹大，脹大，好似有人貼近我臉孔吹一隻無大不大的氣球。眼看那火星覆天蓋地的迫近來，火星上如地圖的經緯線那麼整齊的運河清晰可數，那些森林、山嶽、房舍，倒懸着愈是清楚了……而我毫無畏懼，只有強烈的奮昂，另一個星球上的神秘的景象，差不多使我沉迷了，心裏美得疼痛……該說那是一個謫仙，驀然在他的靈覺裏看到（或者不叫做「看」）昔日醉臥在那裏的天上仙宮的金墀……我說不上來那是怎麼的一種是痛是愉悅的感覺。風是用力的撲打着人，大風車上有好涼快的八月，醫院的每座大樓頂上都漆有好大的防空紅十字或白十字架，東北方向便是灰瓦脊擠着灰瓦脊恍如一片黑色海浪的我們的小城——不小啊我們的小城！從那片海浪裏突出如島又如船桅的大禮拜堂、農民銀行的高樓、玻璃廠那漆上防空迷彩的大煙囪，還有較遠的城北天主堂尖銳的鐘樓……金晃晃的八月陽光遍洒了全城，遠處卻有沉紫的煙塵，隱約掉了原該有的地平線。城西，我們的樂園，西水門便像爹那座培植了十多年的假山石盆景裏陶瓷製的精緻的小廟宇、小牌坊。城堞便是郵票的齒邊，一路彎曲過來……城是一座死城了，雖然聽說還有戀家的老人死守在家裏不肯走，還有少數的軍隊和公安警沒有撤走，但總看不到一星星人影。城西的黑靈河，從遙遠處那沉紫的煙塵裏畫出一條蜿蜒的白緞帶，畫過西水門打個大彎子，隱沒到西鄉那一帶長堤和丘陵的背後去。河上沒有漁船和採菱的大木桶，河也死了，那是一條沒有一點污跡也沒有一點生氣的白緞帶，屬于孝服之類的白。

在醫院的西郊，和對面一二里外蒼鬱的丘林中間，隔一片給人炙燒感覺的熱黃砂，我把它想作祖國西北的大沙漠，軍隊常在這裏試射迫擊砲。大哥在這兒附設中學讀書的時候，常在一大清早把洋人的摩托車偷出來，在這片沙灘上兜風。我聽大哥說過，洋人常去爹那兒半真半假的告狀。爹也半真半假的說：「他要是騎進城來就糟了；沙灘上跌不壞人，也跌不壞車子的……。」

我多麼貪心的願意永遠停在這樣的高處！好涼爽的八月天氣！

垂直的俯瞰下去，下面是兩張仰視的臉，空白的臉，看不到他們的鼻子眼睛和身體，祖母揮着白鵝毛扇，大猩猩也在揮動手臂，聽不見他們喊甚麼，但我知道他們喊的甚麼，風在耳邊撲打着。

而那天，風很大，風車不轉，現在我懂得了，風車的風向舵可以決定風車轉快、轉慢，和停止不轉。風力小的時候，要把風向舵調整和風車軸在一條線上；風向舵如果和風車軸成垂直，大風車就不管風有多大也停住不轉，水塔滿水的時候，或者風太強，怕傷了打水的鐵桿，就需要把風向舵扳轉過去，和風翅併在一起，就如同露宿的大雁把腦袋夾到翅膀底下那樣。這都是小孟大哥半天一句、半天一句的告訴我的，需要多大的耐心啊，我只是用耐心跟他討好，交換他准許我常常爬上鐵塔去玩。第一次那種抽冷子罵人的機會不會再有了。

敢情是夠尹茂裔他們眼饞的，他們幾個只配到太平間去探險。而我並不希圖他們眼饞，我只要叫狗熊哥兒倆又羨慕又妒嫉才稱心；那根桌子腿雖然未打到我手上，我可一直恨着他。他們能嗎？要想爬上鐵塔怕比爬天還難。儘管他爹在醫院裏打雜兒，人頭熟，小孟大哥不定理都不理他爹。小孟大哥那個彊脾氣誰也不買賬的，魯縣長找他都不肯見。他是打老家投奔祖母來的，又是爹給他在南醫院找的飯碗，而他照樣都不大肯到我們家去走動走動。他只服我爹一個人——但總是在他闖了禍之後才給爹磕頭。這樣的人肯讓狗熊狗鳥去爬大風車的鐵塔麼？

魯縣長來看我們的那天晚上，祖母不小心把話說漏了。「你別老去找你小孟大哥的麻煩，他是看在奶奶臉上容讓你。小孩子該懂事了……」我是怕聽祖母那麼碎嘴，趴在枕頭上佯裝看書。「他那個古怪性子，縣長老爺都不放在眼裏的……要不是找到奶奶去說項……」

「甚麼甚麼？縣長老爺？魯縣長嗎？」

我猜祖母是打比喻的，就找碴兒取笑她。

「你可不要出去亂說！」

我可很少看到祖母那麼樣的嚴厲。

「亂說甚麼？」

「你別想套奶奶話頭！」祖母打開小得像玩具一樣的鍋蓋，嚐嚐蛋湯鹹淡。恐怕整個難民所，只有祖母和我不去吃大鍋大灶的難民飯。

「我知道，」誇大的打一個滾，表示很得意。「小孟大哥都跟我說了。」

「小孟都跟你說啦？」祖母怔了一下。「這個半吊子……怕他要壞事兒……還有別人聽去沒有？」

「聽去也不要緊。」我咬緊嘴巴，怕給祖母看出我臉上的假。

「不要緊，不要緊，等出了事就晚了！人家縣長千拜託萬拜託的，敢情甚麼……。」

「甚麼縣長省長的嘛，魯鈍就是了。」

我想，我慢慢就能把祖母的話套出來，我一點也不想要怎樣，只覺得祖母緊張得很可愛。

「小孩子家，要學着有分寸；擱在前清年間，父母官哪，還得了！」

「那他還不是喊你馬奶奶！你還不是喊他：魯鈍哪，魯鈍哪，把家眷領來給奶奶看看。」我模擬着祖母的土腔，逗她別那麼緊張。

「就說是啦，要不也不找奶奶去跟你孟大哥商量。就碰上那種生眼子，錢是買不動他，一大堆的好話陪上，要他點點頭，真是比舉千斤沉的榔頭還難上天。」

魯縣長幹嗎要找小孟大哥呢？要小孟大哥答應他甚麼哪？原來魯縣長並不是特為來看我們臨時學校的，溫老師陪着魯縣長走進我們教室時還說呢——各位同學，縣長特為來看你們。我們很感謝縣長在局勢這樣緊張的時候，還這樣關懷各位小朋友……可見都是假的了。他溫老師要是真愛國，就該學我二哥，到野戰醫院去當軍醫。而他在這裏當大夫，還不是圖享受！聽說他在這兒兼課，另外還有錢可拿。真是沒有意思，五六年級合班，講五年級的課，我們也得陪着聽，而為的是讓他賺錢，還不下課！

小孟大哥也不肯講魯縣長找他幹嗎，他那個人要是打定主意不講話，即便用石滾子也壓不出他一個屁來。

祖母又哄又罵的不讓我出去亂說話，但她始終沒有告訴我為的甚麼事魯縣長要那麼求着小孟大哥。「小孩子家別多管閒事，兒本人就要打過來了。」

日本人是打過來了。我們以為一定要炮火連天的打上半個月，但是只等于放了大半夜的鞭炮一樣，城就丟了。長堤上的公路挖斷那麼多，也沒有擋住日本人的坦克車。

而我沒有出去亂說，但是跟尹茂嵛、侯國瑞私下的猜想，並不等于出去亂說。尹茂嵛那些自以為聰明過人的猜想，連他自己都信不過，把太平間誤作救火車的房子，使他不敢再咬定他的猜想而不讓步了，因為辯不過他的時候，我和侯國瑞就用太平間來打倒他。

太平間在平時是不讓我們進去的，只有送屍體進去的時候，或者空棺從後門進來，等着成殮的時候。這樣的機會差不多是千載難逢，而病人似乎總是挑上半夜裏噓氣。有時夜來聽見婦人的哭聲，我就猜定太平間要開門了，却不能去看。想着太平間的地上一具一具的屍首睡在那裏，小孟大哥住的那麼近，不知怕不怕。

太平間的窗子又小又高，結果被我發現爬上大風車的水泥臺，坐在靠東面的邊沿上，正好可以從一個窗口看到裏面深暗的一個斜角。而屍體並不是放在地上。白布裹着一個大致的人形，放在大約比一般牀舖要高一倍的窄長臺子上。「怎麼都死的是小孩子呢？」我問小孟大哥。我沒有看到過一具大屍體，最大的也只是十來歲的樣子。

「你看小孟大哥的個子夠不夠大？」他張張兩隻手臂，低頭看看他自己的身體說。

當然他的個子夠大，他比那些洋大夫中最高大的鮑牧師恐怕還猛一些。

「等小孟大哥死了，你來看看，也是那麼小。」他說。

「怎麼呢？」

「怎麼呢？一裹上屍布，人就小了。」

「會縮？人死了？」我問，情緒忽然很熱烈，不知為甚麼。

他低下頭去搓繩子，不再說話。繩子是無限的長，搓成一段，手就從臀底下往後拉一段，背後盤着無數圈的繩子。他是赤着膊，過一會兒便要取下披在肩背上的濕手巾，插進臉盆裏沾沾涼，再披到肩背上。有人在下面喊小孟，他不應，但他是聽見了，扯下手巾擦一把他那奇大的下半張臉，丟進臉盆裏。他站起來，手往門後伸一下，取過一把鑰匙，邁起長腿幾乎是打我頭上超過去。太陽歪西，他的腦袋沐在夕陽裏。

「小孟大哥，你到哪兒？」我追出去。一下子就看到太平間的門口停放着蒙了白布的東西，好像手術檯，下面是輪腿。我才知道他還兼管太平間的門。

說是傳染病，不讓人挨近。我憋住氣，停住呼吸，覺得這樣可以避免傳染。屍車推進去，我在門外打着轉。除掉看不到的一面牆，我數了有十二張水泥做的停屍臺，而蒙着白布的屍首，連屍車上的新屍只有三具，仍然是扁扁的，短短的，蒙頭蒙臉的使人覺得他們應該熱出一身的汗和痱子。

跟小孟大哥打過賭，我一個人敢進太平間。當然那只是打賭，人在辦不到的時候才打賭呢。「下次讓我進去試試罷，小孟大哥？」我自己都感覺到喊他喊得太親熱。我是不怕的；很熱烈的好奇，多寂寞的死亡啊，活着的時候，哪怕只賸溜溜的一口氣，仍然是多少大夫和護士照顧、關心，睡到這兒便等于被丟棄了，沒人理會了，為甚麼呢？人就是單靠那點兒呼吸麼？好像能夠預感到，待會兒放學以後，太平間一定有新的屍首要送進去。

但是操場上的人一點點多起來，多到使我覺得奇怪了。人是整個難民所的人，不認識，却都是一張張的熟臉。大風車的影子覆蓋在他們身上，緩緩的轉動，陽光和風翅的影子，交替着曳過一些人的身上和臉上。

「馬青平！」溫老師喊我的名字，很不高興的聲調。我調過臉來看着他。沒有等他張口責備我，已有一個醫院的辦事員來在教室門口喊他。

「溫夫夫，提前下課罷，日本人要來點人頭。」

溫老師摸摸眼鏡架，好像還沒太聽懂那個意思。

哦！提前下課，往往都是使我們感到突兀和興奮的事；可是日本人要點甚麼人頭啊？點名的意思？還是割人頭的意思？那個辦事員已經匆匆的跑開。祖母呢？我們不吃難民所的大鍋飯的，我們也要到操場上集合麼？大家湧塞在教室門口，「我要找我奶奶去。」我跟侯國瑞說，有些大難臨頭的焦灼，所有的課桌上，文具甚麼的都沒有人收。跑到學校和醫院相通的大門時，我把脚步放慢了，那是日本兵，門兩旁一邊兩個，槍上上着刺刀，橫端在手裏。眼淚一下子熱熱的湧上來，怎麼回事兒啊，我說不上來是甚麼樣的感覺。醫院那邊又是一批人散散落落的過來，多半是婦女和小孩子們，意外的沉默。我急切的想能在他們當中發現到祖母，走着，尋望着。「你奶奶還在後邊！」不知是誰告訴我，我找不到說話的人，害我一回首之間，險些兒撞上攔住我的上了刺刀的長槍。

好矮的兵，我敢說他根本不比我高多少。我還沒有見過那樣狹小的軍帽，有些油膩，帽簷兩旁垂下手絹大小的布片。矮子兵的長臉上沒有表情，他把低眼角的眼睛轉過去一下，看一眼那些和我反方向走着的人眾，然後回望着我。

「×××！」我聽不懂他喝一聲甚麼，但我知道我是不能過去了。方才那種激情的熱淚又一下子湧上來，我趕快轉身跑開，等在路旁。

我緊緊的偎在祖母身邊，我們都翹首站在操場上。洋槐樹叢裏的知了齊聲嘶叫着，好聒噪人啊。可是我們不如知了呢，我們都不敢出一點聲氣，心彷彿緊緊的攥在手裏。而我不知道要等待甚麼。

「不怕，不怕，」祖母用她顫抖的手拍着我的背，低聲說：「低下頭來，跟奶奶禱告，都交託主……」

從來我都沒有這樣認真而虔誠的禱過告。在繁盛的蟬聲裏，我聽見自己小聲的呼叫：「主啊，主啊……」我祈求甚麼呢？似乎只能夠這樣的呼叫，然而我已不像平時那樣在禱告的時候，老是想這想那，等不及那一聲「阿們！」

如同夜間醒轉來似的，不知道自己睡有多久了，時間就是這樣不讓人知覺的走過去。我彷彿聽得出——不如說是感覺得出，人們有不易覺察的騷動，也並不是說話或者走動甚麼的。我試着睜開眼來，其實祖母已經結束了禱告，在張望甚麼。在臨着操場的地勢高一些的路上，一個挎長刀的日本兵，剛剛爬到幾張課桌拼搭的臺子上面，另一個穿肥褲筒西製的傢伙正一隻腳踩上當作梯磴的課椅，往臺子上爬。

挎長刀的日本兵開始吼叫，攥緊的拳頭，揮動着打他面前甚麼也沒有的空間。那就是日本話嗎？為甚麼要和吵嘴一樣？好像便秘似的一下下掙着用勁。

和他併排站在那裏的傢伙，手一直停在胸扣上蠕動。然後他開始用我們做蠻子的那種口音翻譯，我們都不很習慣聽懂那樣的口音，很尖銳的嗓子，也揮着攥緊的拳頭。他若是中國人，就該順勢揍日本兵一拳頭，然後聲明那是無意中拐到的，再道歉一下。

我聽不懂多少，甚麼良民證呀，維持會呀，大東亞共榮圈啦，安居樂業啦……一個端長槍的日本兵就站在我們右邊的甬道上，仰臉望着吵嚷的洋槐樹叢。我這才發現，那帽子上是三塊布垂下來，小門帘兒的樣子。帽子後腦上還開了一個缺口，就像皮鞋口上串紮着鞋帶一樣。怎麼把鞋子當帽子戴在腦袋上呢？多麼沒有出息！

接着我們被日本兵們橫着槍往操場的這半邊趕。小孟大哥呢？他若是在這裏，我應該看到他比誰都高的大個子。我們漸漸的感到有些擁擠了，我扶着奶奶，用勁抗住擠過來的人們，不知道日本兵是甚麼意思，要把我們擠死嗎？那些爬不起來的病人不知道該怎麼辦。太平間的屍首，日本兵一定不會去管他們的。有個我不認得的漢子幫助我保護祖母。真需要他那麼有氣力的人來抗住亂擠湧的人。

「這就是亡國奴的罪了，就是這個滋味……」大漢嗡嗡的在喉嚨裏唸着。祖母制止他，一再的勸他不要找麻煩。

太陽下落了，我們看得到大風車，風翅上仍有夕陽的火紅，但是大風車的影子不知向東面移去多遠了。那影子會投到遠處的城廓上嗎？我們擠在這裏等甚麼呢？漢子踮着脚尖，嘴巴張着到處張望。張着嘴巴是否能使人望得遠一些呢？要不然，為甚麼要張着？

「快了，快到咱們了……」他說。

我和奶奶擠在人叢裏坐下來歇腿。只能看到天，好像蹲在井底下。漢子說的是甚麼意思，我們都弄不清楚，反正不是輪到我們砍頭就是了。

不過提前下課而落得困在這兒，就太划不來了。尹茂裔他們呢？希望狗熊捱日本兵揍一頓。想像着日本兵在他身上搜到甚麼東西，就像那時候駐在我們家的一個班長送我的那個戰利品，一條印着紅太陽和「武運長久」的白布寬帶，上面盡是子彈打的小洞洞，和一些血斑。那是臺兒莊會戰吃掉日本最精鋭的兩個師團的戰利品，我一直疑心是狗熊把它偷去了，下課和上課之間的工夫，放在課桌裏就沒有了。日本兵如果在他身上搜到那個，一定又恨又傷心，把他揍得滾在地上，真就成了一頭玩把戲的狗熊。

彷彿我們是蹲在一間小屋裏，有一面牆倒塌了；靠左邊的人們忽然稀少起來。

漢子說：「馬老太太，我扶你老起來，輪到了。」這才我看到人都到了操場那一邊，從我們這邊排成兩個單行向那邊蠕行，中間經過坐着日本兵的桌子，小華牧師（他是醫院的院長）和幾個外國大夫，包括給我拔過牙的梅姑娘，都站立在那兒。我扶着祖母挨挨蹭蹭的過去，祖母緊緊抓住我手，嘴裏無聲的唸着甚麼……。

好悠長又好吃緊的這半天，我扶着祖母回到北紅樓一〇二室，剛走下一百里路似的那麼累。祖母說：「我也不想做飯了，咱們就去打點粥來湊合着罷……。」我看祖母驚慌過于疲倦，忽然很難過。祖母是很老了，但一直不曾給人像現在這種衰老的感傷，外邊有摩托車噗噗噗噗的響聲，似乎是停下來的。若是平時，我一定連門也來不及開，就從窗口跳出去看。可是我覺得祖母從沒有這樣的孤單，而懷疑爹怎會那麼忍心呢？祖母隨便到哪兒去，都受到人尊敬，今天才真正是個難民了，忍氣吞聲從刺刀底下過去，她好像轉眼間便一身的襤褸，侯國瑞所說的「爛民」的樣子。

敲門的聲音。我跑去開門，那隻手準備再一次的叩門呢，是那位通知我們提前下課的辦事員，小華牧師在他背後的走廊上，提起一邊嘴角微笑。他總是那個樣子，人會以為他在第一次世界大戰駕飛機投炸彈時，也是這樣的微笑着，那是他永遠不變的面容。

「馬老太太，平安，」他用我爹教過他的官話，比其他外國人少一些洋腔的口音說：「請到我舍下用便飯罷，除了梅姑娘，沒有外人……。」

祖母看看窗外的天色。「還早罷，我收拾一下再來。」

「不用收拾了，便飯。帶着小孫子——還是重孫？……。」他那對碧綠的琉璃眼球，看着你的時候也像心不在焉的沒有看着你。「就坐我的車子，華師母很想你老人家去談談……。」

我們祖孫倆坐進摩托車的船座裏，車子緩緩而行。在醫院的西院，那裏有一棟棟獨立的洋樓，但我不知道小華牧師是住在哪一棟裏，西院的大門總是整天關閉着。

真有些招搖過市的味道，我很得意，可是不大好意思，彷彿臉太嫩，經不住那麼些人注視。我就故作無所謂的樣子，看看小華牧師飄打的茶綠領帶，看看他背後鼓得像大肚子的白襯衫，不要讓人覺得我是第一次坐外國人的摩托車。

在潔白耀眼的樓下客廳裏，小華師母用很差的中國官話和祖母寒暄。很意外的，小孟大哥也在這兒，坐在一張小小圓沙發櫈上，他那蜷起的長腿，膝蓋差不多抵到下巴了，使人覺得他那麼大的個子，不該委屈的折疊成這個樣子。

「小孟大哥，你去了沒有？」在操場上我一直都沒有看到他。

小孟大哥用眼睛反問我。

「你去操場沒有，方才？」我再問一遍。

他好像心不大集中的看着我，手搭在膝蓋上長長的，長得不合情理，他不搓繩子，不拿鐵扳手，那手就空得一無是處了麼？小華師母給了我一大疊外國畫報，我們啃金句的時候，也往往得到這種獎品，還有芙蓉糖，印花的小手絹甚麼的。我怕梅姑娘再喊我貝貝，不知道她還記不記得給我拔牙的事。這麼大的人給她喊貝貝更塌臺。

他們在商量一樁甚麼事。小華牧師說，他一定要負責整個難民所的安全，不容許日本人侵犯任何一個難民和醫院的職工；但是所有的難民和職工也一定要守規矩，不可以單獨的去做甚麼，尤其不可以聽從難民所和醫院以外的甚麼人差遣……。

我想我還是看我的畫報，即使看看油漆廣告那些迷人的色調，也夠人着魔的。有幾張彩色油畫，坦克車、炮火、衝鋒的兵士，海戰的兵艦……多想偷偷的撕下來。

有一個時期我好像中了邪，讀一年級的時候，專偷教室的黑板擦。但是一點也不記得怎樣偷來的，也不記得幹嗎要偷回家去，只在一次母親替我晒被褥的時候，牀底下掏出一堆黑板擦，我知道是自己幹的，但是甚麼也不記得，感到很羞恥。每次每次想要貪心的偷點甚麼，就想起那一堆黑板擦，用氈條盤成橢圓形，黏在橢圓形的木片上，一層一層的很像茶食裏的鹽條酥，可是我甚麼茶食都愛吃，就只是討厭鹹不鹹、甜不甜的鹽條酥。

小孟大哥冒冒失失的叫了一聲：「我答應了，你也答應人家了，事到如今怎麼反悔！」

「小孟，」祖母生氣的叫住他。「你是吃槍子兒長大的？有話好聲說。」

「不是責備你，」小華牧師也忙着解釋說：「要同你商量。我們很擔心不是？日本人如果查出來，你要倒霉，難民所也要倒霉，我們沒有法子保護難民……。」

「耶穌保護我們！」

小孟大哥沒有好聲氣的說，緊緊收住下巴，眼睛瞪緊小華牧師。我把身體窩在沙發裏，儘量的縮小，覺得需要替小孟大哥分擔一些不是，替他的莽撞感到歉意，以及替小華牧師感到難為情。

門鈴嘩嘩嘩嘩的大響，好似小孟大哥那樣的莽撞。

梅姑娘匆匆的進來，一路急促的說着他們的語言，不知道甚麼事使他們立刻吃緊。梅姑娘的頭髮捲上去，沒有再用橡皮筋紮它。她講着，不時指着樓上又指着朝西的方向。

小華牧師很不愉快的看一眼小孟大哥。然後跟祖母說：「他們已經開始了！」「請你老人家再勸勸他看。」小華牧師又看了一眼小孟大哥，和梅姑娘走出去，我聽見他們走上樓梯的聲音。

「佬娘，你不用勸我，除非能再看到魯縣長，告訴他我不幫忙……」

「恐怕你想幫忙也不行了，要是小華牧師不要你管風車呢？」祖母為難的說。

「不能對不起魯縣長！」

「佬娘替你跟魯縣長告罪好了。」

「是，」小華師母插嘴說：「難民所也要安全……。」

……

我聽不明白他們說些甚麼。但我急于要知道，誰個來了？魯縣長怎麼能來這兒呢？小華牧師和梅姑娘到樓上去幹嗎？我試着避免惹起他們注意的走出客廳。

「佬娘，叫我答應魯縣長也是你老，叫我答應小華牧師也是你老……就是今夜呀！」

我聽見小孟大哥狠狠的說，樓梯就在我的脚前，我站着不動。

太陽已經落了，天色還是非常明亮。蟬聲熱熬熬的叫紅了半個霞天。在樓梯前一方驢毛氈的墊子上，我輕輕的跺着布鞋，一小股一小股的灰塵好似香菸的輕煙浮游着。

我輕輕的上了樓梯，中國漆的紫紅欄干，和我們家太師椅之類的傢具同是一樣的色氣，那是洋漆所沒有的光澤。而家中那些沉重的傢具，不知道會不會被這次戰火燬掉。平時連底子粗糙一點的碗碟都不准放在那種桌子上的，怕不留心刮下壞痕子，可是在戰火裏那要當做柴火燒了，真就是流亡三部曲裏我們唱的：「……看，火光又起了，不知多少財產毀滅……。」那些歌我們只有低吟了，而姐姐他們現在還可以高歌。

在靠西面的樓廊上，小華牧師和梅姑娘憑着欄干站在那兒。那是一幅剪貼，以半個天的霞光做底子，洋槐樹梢的剪影上再貼上欄干條紋和一對人影。

我沒有理會他們，也不讓他們來理會我，離他們遠遠的站立。他們是那樣凝神的望着西天，彷彿正在欣賞這一片黃昏前的景色。

從洋槐樹梢望過去，太陽是剛剛落進遠處那一片黑綠的丘陵背後，和醫院相接的大沙灘上，正有三五成羣也是剪影的人們走動，他們是向這邊走來，分散得很寬很遠。啊，我看清了，他們扛着或提着槍枝，灰色的軍服漸漸的分得清。

我們的軍隊嗎？一股熱潮迎面湧過來，好像西沉的太陽忽又回升上來，升到當頂。我有些發抖，不知是慌張還是奮昂。一次次的衝動，要跑下樓去，告訴祖母和小孟大哥，又捨不得的要多看一會兒。

似乎西院牆的外面，已有先到的兵士們隱蔽在那裏，我聽見有喊口令的聲音。小華牧師在低低的說甚麼，他取下眼鏡，用一張大手絹擦眼。

他看到了我，他的眼睛很紅，雖然他仍是那副固定的笑容。

「謝謝你，請替我喊孟廣欽上來。」他走過來。

「是小孟大哥？」

「嗳，小孟。謝謝你。」

小華牧師哭了呢，我兩磴一步，兩磴一步的跑下樓來。「小孟大哥，快快，中央軍打回來了！」

看。

小孟大哥一下子跳起來。

「不要胡說罷，青平！」祖母驚惶的責備我。

我跟在小孟大哥背後跑到樓上，輕輕走過去。「你瞧！」我搶着指給小孟大哥

「好了，你照着魯縣長的吩咐去做罷！」

這是小華牧師說的，他和小孟大哥對看了半晌。

「中國人——站起來！」小華牧師豎着他的大拇指說。

我們像三十晚上守歲一樣，我敢說難民所的人整夜都沒有睡。明天我們不會上學了，等待明天的假期一樣的亢奮，我和尹茂裔乘着剛黑透的天色爬上大風車的水泥臺。先是在那間水泥平房裏找不到小孟大哥。他並沒有在小華牧師那裏吃飯，很早就回來了，他是到醫院外面去找魯縣長麼？

我和尹茂裔商定，爬上大風車的鐵塔，要從頭到尾親看着以南醫院做掩蔽的我們中央軍，怎樣把我們的小城打回來。好美好驚險的炮火啊，我們幻想着那些動人的光景，槍聲啊，炮火啊，就像小華牧師家裏畫報上我想偷偷扯下來的那些彩色油畫……。

在遙遠處第一聲槍響，我們來不及的往鐵塔上爬，天是黑得伸手看不清五個指頭。小孟大哥不在才真好呢，他若在這兒，多半是不會讓我們上來。

我們在零星的冷槍裏，和忽然發瘋的機關槍聲裏，努力往上爬，深恐這一仗很快就打完了。大風車沒有轉動，風力一點兒也不算強，不知是否水塔的水滿了。

「停一下，停一下……」尹茂裔在下面小聲叫喚着。

我擦一把汗，往下望着找尋地上的燈光，看我們大約爬有多高了。

「馬青平，我褲帶斷了。」

「要命！」我好煩的往下吼了一聲：「你下去好了。」

朝東北的方向望，南紅樓的屋頂擋住視線，甚麼也看不到。還有不少的樓窗亮着燈光。我是不管尹茂裔了，他要是不肯放過這個好機會，儘可把褲頭脫掉，光着屁股爬上來。

但是就當我一舉首向上看的時候，我發現當頂有一團紅色光暈，明了，滅了；明了，又滅了……彷彿那裏有一盞明滅不定的紅燈，但我看不到燈光，只是一團渾渾的光暈。

「尹茂裔！尹茂裔！」我壓低了聲音往下面喊。

沒有回應，他也許提着褲子退下去了。我不管，嘗試着遲疑的往上爬。有炮聲來自城南，一聲未了又是一聲，槍聲更密了，我停下來扭着身子向背後觀望。南面城郊不時有亮光閃跳。不時傳來轟然震人的炮聲，手裏握着的梯磴似乎微微的震顫，似乎是城裏轟擊過去的炮彈——忽然我的手被甚麼壓住，那是一隻脚，痛得我要叫沒叫出來。那脚好像也感到踩着甚麼了，又縮上去。

我愣了一下，隨即用不能再快的速度往下退。那是甚麼人？也是爬上來看稀罕景兒的麼？方才我若痛得一鬆手，人再一慌，恐怕真就直摔下來了。不由得我冒一身的冷汗。希望慢吞吞而又一手提着褲頭的尹茂裔，不要又被我踩到了手，那就不保險他不摔下去摔成肉醬。

「你褲帶也斷了？」尹茂裔還站在梯子跟前。

我拉住他走開，跑到小孟大哥的水泥房屋背後。炮聲把水泥臺也震動了。

「褲帶沒斷，我怕被流彈打到。」他在暗中說。

我好怨他，但是為甚麼我一直都不曾想到這個危險呢？「你沒聽到嗎？有顆子彈離我們好近竄過去，唧——哦一聲……。」

商量一陣，我們又不甘心，又打不起勁的離開那裏。「上面還有人呢……。」

我一直記掛着那會是誰，而且一直沒見那個人下來。我的手指還有些痛。還有那紅色光暈，現在一點也看不到了。「不要是鬼罷？」他說。我們又跑回兩步，太平間裏有沉沉的燈光，但從這邊的窗口望進去，能夠看到的水泥臺，上面是空的，但願裏面沒有停放屍首。「可是有燈一定就有屍首！」他又在自以為比別人聰明。

樓西太黑，我們只得從太平間的門前一口氣跑過來，好長的一段路。這邊路上和甬道裏有不少人在暗中講話，槍炮聲一直的沒有停。

祖母當然是咬着牙跟我發狠。我咕嚕咕嚕的灌我的涼開水。「水也冷了，你也別洗澡了罷。這個時候還到處去瘋……。」我才不要洗澡呢，抓過祖母的鵝毛扇，搧着跑紅了的臉。

在屋子裏，聽不清槍聲和炮聲的方向，實在悶人。走廊上有不少人講話，扇子拍拍的趕着蚊子。祖母把燈熄了，深深歎一口氣。

「奶奶，你也睡不着的，不如拉拉聒兒罷。」

「你給我快點睡！」祖母沒有好聲氣的說。

「我知道，你壓根兒也沒打算睡。」

祖母不聲響。

「你還沒有禱告，我知道。」

「鬼精靈！」

「是嘛，奶奶你一定在那兒想來想去，明天城打下來了，咱們祖孫倆第一個回家去。」

「哪裏就打下來了……」

祖母常是這樣的，愈是她巴不得的事，愈要矯情的說點喪氣的話，好像這樣就可以比較有把握如願以償。而萬一吹了，也有話可說：「你看罷，我早就說了嘛！」

「奶奶要有本事，打下來也別回家。」

「奶奶幹嗎不回去？奶奶功勞也不小，你別瞧不起奶奶年紀大了……。」

祖母是個孩子，有時媽媽忍受不了祖母的矯情，爹就用「老如頑童」勸媽。到底祖母的話頭還是被套出來了，這一次我一定不放過，就緊釘住追問她的功勞。好滑稽喲，奶奶還有功勞！你在這兒熄燈睡覺，人家摸黑打仗，才不相信奶奶有甚麼功勞！怎麼會呢？馬老太太也打仗了，替馬長老報仇是不是？……我用這些冷的熱的言語，逗祖母說出實話來。我知道祖母經不住這麼逗的。

祖母把我叫到他牀前，「先說好，不要出去亂講……。」雖然屋裏很黑，我還是用點頭答應了。可是祖母却說，她實在不知道魯縣長要小孟大哥做甚麼，也不知道小華牧師要小孟大哥不要做甚麼，但她是幫忙魯縣長開導了小孟大哥……。

這我當然知道，壓根兒不用她說。我像受騙一樣，鬧着不依，給一聲連玻璃窗都格格顫響的狠狠的震動懾住片刻，再繼續追問祖母。

「奶奶真的弄不懂他們要做甚麼，真的……。」

「那我就出去亂說了，說奶奶幫助魯縣長打兒本人，說……。」

「你別跟奶奶彆扭，真的，奶奶只知道——你可千萬不要去跟你那些同學亂說，奶奶只知道魯縣長請你小孟大哥替他們打信號，奶奶也沒再過問別的，就讓他們另外商量去了……」方才那次巨大的震動之後，一直連續的在爆炸。

我相信，祖母是把她所知道的全都說了。我想起大風車上那團明滅不定的紅色光暈，想起踩到我手指頭的那隻脚，想起小孟大哥不在他的小房子裏。

「可是小華牧師應該幫忙打日本的，為甚麼不要小孟大哥聽魯縣長的話？」

「後來小華牧師還不是……」

「那是後來。難道小華牧師不想替老華牧師報仇？」

「報甚麼仇？信主的人要報甚麼仇？」祖母很嚴厲的聲氣。「主說過，復仇在我，我必報應……。」

「是啊，小華牧師不要報仇，人家替他報仇他也不應該阻止呀！」

爆炸繼續着，好似一掛長長的鞭炮，裏面有「天地響」的那種千掛頭鞭炮，我能夠聽得出，那是和槍炮聲不一樣的。

「現在打得很厲害了不是？」祖母下牀往窗口那邊走去。

「我不喜歡小華牧師！」我跟過去說。

「小孩子家不要隨便論斷人。小華牧師也是先就應允了魯縣長的。」

「那他又反悔！」

「或許因為今天兒本人冒冒失失跑來查人，小華牧師害怕將來出事兒，萬一……」

忽有些人嘩叫着，窗外走廊上有幾個人跑過去。「上去看！上去看……」有人低聲噪噪嚷嚷喊過去。

「不知出甚麼事了，奶奶。」

「你別管！」

「我去看一下，回來告訴你。」

追隨那幾個人的後面，一直摸黑爬上二樓，又爬上三樓，而我實在弄不清他們要做甚麼。好熱鬧的一夜！

在三樓的東面走廊上，我們看到城裏那個方向冒出觸天的紅火。有人說那是公共體育場，也有人爭論是火神廟，或者玻璃廠，但都一致的認為那不是房屋失火，而是火藥庫，或者汽油庫。

中紅樓上有人鼓掌，立時就傳染到我們這邊。樓廊上的人愈來愈多，架着雙拐的病人也趕了來，還有值夜班的護士。掌聲使人想到槍斃土匪；號聲一路吹到刑場，靠近糞場的河堤上。然後槍聲一落，便是刑場四周那麼多人暴雨似的掌聲。我們也看過槍斃空襲時給飛機打信號的漢奸。那時候人們身上都不敢携帶小鏡子。我用勁的鼓掌，手心拍麻了，就像準備捱戒尺而用操場上的粗砂把手掌磨麻了那樣。最厲害的大轟炸那天，我們都在東鄉的卓家圩。二哥說那飛機是意大利製的。十二架飛機分成四組，更番的往城裏投彈，我們趴在土圩牆上觀看，爹媽還在城裏，也許疏散到城郊了。二哥問七姐道：「你們猜，現在蔴繩做甚麼？」我不知道他怎麼會想起那個麻子牧師，哥哥姐姐們都喊他蔴繩。也許二哥因為看到禮拜堂的鐘樓而想到那位麻子牧師。二哥說：「蔴繩這個時候一定拼命在禱告。」我和七姐都為他的嘲弄笑起來，一時忘掉替爹媽擔心了。禮拜堂的鐘聲每在緊急警報當口，也是被我們嘲弄的。在敵人還不曾空襲過我們小城的時候，聽說公安局要求禮拜堂也參加防空演習敲警鐘。蘇繩考慮都不曾考慮的就拒絕了，他說聖鐘不能作警鐘用。可是敵機第一次空襲就把禮拜堂炸掉一個樓角。二哥就說，蘇繩不是相信上帝能夠保護他，而是相信禮拜堂頂上漆的十字架；所以油漆一不發生作用，就趕快把聖鐘當作警鐘了。可是禮拜堂的鐘聲永遠使人分不清是空襲警報、緊急警報、還是解除警報。因為那座大鐘不是用鐘鎚敲鐘殼，是拉動鐘殼去撞鐘鎚，永遠是不緊不慢的那種兩拍子的速度。即使我們躲在防空壕裏最緊張的時候，仍不免為那樣的鐘聲而發笑。

實際上眼前這個光景並不比敵機空襲會安全一些，天空中紅和雪青的流彈曳光那麼放肆的交織頻繁，那可不管甚麼難民所，甚麼醫院，甚麼屋頂上漆了標幟。而大家一點兒也不感到驚惶和恐懼，多大年歲的人都弄得十分天真——無意識的叫喚，屬于孩子們的磨牙，那些無知無識的爭執、罰誓，使你發現人在最興奮的狀態裏，情緒便是那樣的幼稚，我不知道應該說那是天真還是淺薄。

「樂極生悲」我是懂得的；母親走佬娘家回來，樂得我又縱又跳的，就跌在洋車的脚踏上，尻骨給撞得痠痛難言，哭不出笑不出的。我們樂了一長夜，樂來的不是縣城收復，而是日本兵封鎖醫院，突擊檢查。

這一次不問是難民、醫院的大夫、職員、甚至生重病的病人，一律集合到中學的操場上。睡在擔架上的病人不知有多少，聽那位辦事員跟祖母他們說，日本人發現醫院的周圍無數的脚印和沙灘上無數的脚印是相連的，日本人用這個質問小華牧師為何違反中立，而幫助「髦猴」攻打他們。小華牧師回答他們，說那是發生在夜裏，醫院裏沒有人能夠知道醫院的牆外有人。如果中國軍隊——日本兵立刻糾正他，不准說那是中國軍隊——是利用醫院這些大建築做掩蔽，那末，除了上帝，沒有誰能夠把醫院挪開不給他們做掩蔽。但是日本兵說，牆上有許多攀登的跡印，小華牧師只有讓他們日本兵澈底搜查醫院。「好在這裏的人數，你們昨天剛剛清查過，多出一個人來，我負責……」小華牧師給了日本人這樣的保證。

我們在大風車停止不轉的陰影籠罩下鵠立着，或者坐着、蹲着，就像昨天比這晚一點的時候那樣，等候着一個個走過去給日本兵清點人頭。但是這一次不是從他們日本兵的面前走過去就算了；聽左邊的人眾不斷傳過話來說，每個人身上都要仔細搜過，不管男的女的，老的少的。還要檢查手掌上有沒有握槍磨出來的硬繭子，十來歲的孩子都不放過要檢查這些。

陽光還很強烈，祖母遮着鵝毛扇坐在地上。祖母一輩子也沒受過這種委曲。外佬太太就她這麼一個閨女，到我們馬家，祖父比她小五歲，成親時祖父還是個不懂事的孩子。祖父在生時，即使活到六十多歲，仍把祖母當作大姐姐一樣的尊敬。爹是標準的孝子，敢情甚麼都依從她。就算教會明裏暗裏排斥我們這一家異鄉人，總不得不把她老人家當作元老一樣的奉承。如今快上八十歲的高齡了，坐在這熱熬熬西晒的地上受苦受怕。在白蔴布的夏衫底下，那單薄的兩肩和弓彎的脊骨，不知給人多少蒼涼的感傷……我坐下來——我真不樂意坐到熱砂地上，但覺得這樣好像可以替她分擔一些甚麼，並且我抓握住她那長着老人斑和暴起根根青筋的手，用我以為最討好的眼神安慰的看着她木木的臉孔。我想，我四歲的時候就是這樣的仰望着她，說出那樣使她感動的話的：「奶奶不要哭了，爺爺不在，我給奶奶作伴兒……。」我是一點也不記得我曾這樣甜嘴的孝順過她，若不是祖母直到現在，每逢我不聽話的時候還拿出來教訓我的話。

「怎麼不殺光！」

奶奶喃喃的說，從她金絲眼鏡上緣瞟着那邊一個荷槍的日本兵。那兵握在槍把上的手是包紮着很厚的白紗布。

「奶奶也恨人嗎？」我輕柔的說。

祖母轉握住我的手，看看我。

「主說：人若打你右臉，你要把左臉送給他……。」祖母仍像跟她自己說的，我需要湊近她的臉前才聽得出。

「日本兵還沒有打我們的右臉呢。」

「嗯，你還沒懂主的道理；主說：『人』若打你……你要懂得這個『人』字。」

「人麼？」我着實沒有發現過這個「人」字另有甚麼含意。

「『人』若打你右臉，敢情不是說『魔鬼若打你右臉』。」

望着半面陽光裏她那充滿着智慧的閱歷的皺紋。

「奶奶也是剛剛才從主那裏得到這個默示。」她說。

「那——我們該替祖父報仇了？」

「不用說甚麼報仇，跟魔鬼總是要爭戰到底的。你懂得奶奶意思嗎？」

我認真的點點頭。

「也許，小華牧師也還沒有懂得這個意思……『人』，『魔鬼』……」她瞟着那個傷手的日本兵。「待會兒，奶奶要把這個道傳開來，連小華牧師在內……。」

祖母斷斷續續的自語，然後似乎沒甚麼好自語的了，她垂下頭去默禱。她那鬆弛的顋肉微微顫動着，但她的唇角則抽搐出堅毅剛強的深深的皺紋，我不曾見過祖母這樣的神情，她那嘴唇四周輻射的皺紋，實在是咬緊了許多許多的恨和憤怒。

「青平，你要跟奶奶一起禱告，」祖母用手肘碰碰我。「為魯縣長他們禱告……。」

「他們一定早就撤退到鄉下去了。」其實我心裏不是這樣想；打早上傳說小城並沒收復，後來又在大風車的鐵塔半腰上看到城裏還有好幾處冒着煙和飄着太陽旗的那個時候起，我就想，魯縣長他們一定都在城裏陣亡了。我用這個探問小孟大哥，他是很黯然的看我一眼，甚麼也沒說。

「你哪知道！」祖母用鵝毛扇遮着嘴巴說：「魯鈍大腿上進了槍子兒，小華牧師親自替他起出來了。」

啊，我驚訝的望着祖母。

鵝毛扇上為何有一塊油斑？

「你可不要出去亂說！」

「那他還能走路嗎？」我把嘴巴送到鵝毛扇的背後說，嘴唇碰到祖母的金耳環。

「現在還藏在井裏。來，跟奶奶禱告……」

「大風車底下？」

「你不要出去亂說！」祖母看了周圍一眼。

「那行嗎？」我追着問。

「不光是魯鈍，還有好多傷兵……都要替他們禱告，求主保祐他們平安。」

我垂下頭來禱告：「主啊……」可是我被這樣的事情分心了。偷偷的想着，大風車底下，那水泥臺裏倒能有多大的空兒哪？

「還有，」祖母喊喊嚓嚓的說：「那邊擔架上也有傷兵，壞了腿的，槍子進了肚子的……也要替他們禱告，求主千萬不要給兒本兵看出來。」

我被祖母乞憐似的目光打動了，低下頭來認真的為他們祈禱……然而思緒又岔開來，我偷偷的瞟着眼睛想能看到那些擔架擺在哪兒，並且跪起一隻腿，當作跪着禱告，讓祖母覺得我多麼虔誠。

可是我是很聰明的，不是尹茂裔那樣自以為很聰明過人。「奶奶，奶奶，」我輕輕的扯一下祖母那粗硬的白蔴布後襟。「那還是會給查出來的，人數不是多出來了嗎？」我吃緊的有些顫抖。我們這裏的人數，日本人昨天才查過，多出一個人就要紕漏的，小華牧師能負甚麼責呢？

祖母倒沒像我這樣的吃緊，看我一眼，又顧自喃喃的求禱着。而我真的愈是不安了。現在操場上雖然好幾千人，却是靜寂得十分可怖，我擔憂着隨時會有嚇人的爆炸就要發生。我數着大風車半邊風翅的影子，看能數到多少，數到單數就沒有關係——不是說禍不單行麼？大風車的影子大約有一半是在我們面前的空地上。然而我不敢數了，不要太早就預知是禍是福罷。而且我知道，數到雙數會越發叫人擔憂的，而數到單數又未必相信這種輕率的假定靈不靈驗。還是好生的求主施給我們慈悲憐憫罷，我責備自己不該迷信的用甚麼單數雙數來占卜。

「求主饒恕我這麼褻瀆……」

突然我聽見甚麼聲響，擊打甚麼，和喝叱甚麼，急忙張開眼睛，四周的人們都立起來。一定出了甚麼事，那嚇人的爆炸終于發生了嗎？

「會不會？」我重又蹲下來跟祖母說。四周是豎立的人牆，我們像蹲坐在井裏。

祖母真是沉得住氣呢，她打着扇子。也許坐下又起來，她覺得很麻煩，索性就一動不如一靜了。

「是不是多出人來了？」

「不是還早着嗎？」

這才我發現自己好慌張，到現在只怕還沒有查完一半的人呢。

「你放心，人是多不出一個。」祖母好有自信的說。

「怎麼能呢？」

「你那些同學，也都躲了好多到井裏了……」

「怎麼呢？」但我立刻算過這個賬來。然而忽有一陣懊喪。「你知道了，你怎不叫我去嘛！」

「還說，找得到你人嗎？一大清早就野到哪兒去啦！」

一大清早麼？好像回想不出今天有過「一大清早」，或許一整夜跑東跑西的緣故，不知道一大清早應該是指天剛亮的時候，還是太陽出來的時候。

我好懊喪，不知應該埋怨誰。不要說叫我躲到大風車的水井裏，就是叫我躲到太平間我都敢的。

是啊，也許還沒有人想到，太平間可以藏一些人的。不過日本兵也許連太平間也要搜查。

也沒有問題，我想可以裹上屍布裝死屍呢，我敢的。小孟大哥說太平間最多可停十五具屍首。當然不能每個停屍臺上都睡人，那會看出假來，十個。至少睡上七八個不會使人疑心。那一定很熱，一定會焐出一身的汗和痱子，還要在日本兵進去時候憋住氣不要呼吸。但是不管怎樣，我會去裝死人的，狗熊一定不敢，讓他瞧瞧我的本領。我試着看自己能夠憋氣多久。學校檢查肺活量的那一次，誰也不相信我是全班第一。我把氣提足了滿滿一肺，一、二、三……往下數……。

人們竊竊的傳話過來，說是溫大夫——我們的溫老師，方才日本兵用槍托搗了他，又打了他耳光，因為日本兵在他的手掌上檢查出硬繭子。溫老師說，那是自行車的車把磨的。又伸出左手給他們檢查。兩隻手的硬繭子是一樣的，本來沒有事了，就只為說錯了一句話：「縣城沒淪陷以前，我是從北關騎車子來，騎車子去……。」做翻譯的虎下臉來（聽說不是昨天穿肥西裝的那個小漢奸，昨天的那個也許打死了），不准溫老師說「淪陷」，應該是「維新」。逼着溫老師再說一遍。溫老師不肯重說倒罷了，反而冷笑笑，小漢奸和日本兵敢情饒不過他，把他打得牙齒和鼻子都出血了。

一時間，我弄不清該同情溫老師，還是替他叫好，或者樂意他捱揍了以後會拼命找些愛國教材來教我們——如果臨時學校還繼續辦下去的話。而他如果像我二哥一樣去到軍隊裏當醫官，怎麼會捱日本兵侮辱毆打呢？但他還是愛國的，不然也不至于那樣的不聽話了。

「還會給帶走嗎？」祖母站起來問。

沒有人能夠肯定結果怎樣，一個我不認識的細高條兒，安慰祖母說：「這也不是甚麼大罪，小華牧師敢情要出面交涉的……。」

「可不能帶走，」祖母搶着說：「溫老師可是忙了一整夜……。」立時祖母忙着改口說：「一大家子的人家啊，了不起，要是給帶走了的話。」

操場上不復是這半天以來的沉寂，有嗡嗡嗡嗡靜不下來的騷動。

「也划算了，」祖母重新坐下來。「吃炒麵*還要陪上唾沫呢，燒掉他們兩處火藥庫，三十多輛坦克車，打死滿街的日本兵，還要怎樣？你說？」

她是向臉前一小遍爬地虎說的，好像那遍青草曾經質問她怎麼打了一夜的仗，還沒有把縣城收復，這才她算清這筆賬，帶着責備的口氣回它們。

「奶奶，你好像先知呢！」我發現祖母怎麼會知道這麼多，這麼詳細。

祖母睞了我一眼，我知道祖母又要教訓我了。

「晨更禱告會有幾個人去!?」

我根本就要睡懶覺，我才不天不亮就去禱告呢！而且我不要聽到蔴繩那陰陽怪氣的大聲禱告。然而今天我是可以去的，早知道這樣，我就不要跟着他們到東到西，莫名其妙的起鬨，結果並沒有從他們那些無聊的傳話裏聽到甚麼。

我是這樣的懊悔；我若去了晨更禱告會，一定比祖母知道的多而詳細，祖母的記憶力已經衰退了。

且不光是為着這個懊悔；想到尹茂裔、侯國瑞、尤其是狗熊，此刻他們恐怕都在大風車的水井裏呢，待會兒只好看他們神氣了，我好不甘心！

回過臉去，面向着陽光，面向着停止不動的大風車，我給自己解嘲：大風車是我們家的。而我也有些羞辱呢，為何沒有我的分兒?!

我跪下去，傍着祖母，低低的俯下身來。我不知道祖母怎有那麼多的話去禱告。然而我相信了，此刻我有太多的感謝、讚美、和祈求，要向上帝述說……。

四十歲生日凌晨四時半　青溪

＊用炒糊的大麥磨的麵粉，一種非常乾燥的食物，可以放置很久，隨時冲拌搦食，可為乾糧。

笠

如今已是公稱的阿塗公了。

這也是打阿塗哥到阿塗伯到阿塗公慢慢慢慢升等的，很不容易。

不過看起來，阿塗公倒是有些不習慣的樣子。別人現在都還在圓山飯店裏。也許出來了。阿塗公往安全島那邊的樹底下走去。這都是燒木炭的好料子，拿來只當遮蔭涼，屈費了。阿塗公走的仍是農人的步子，儘管人是確實的裝在挺新的西裝裏頭，兩腿總是伸不大直。塑膠質料的斗笠拿在手裏搧着涼，一路搧着，背後客運公司的遊覽車停在山脚下，上去就是五百完人塚、牌坊甚麼的；再上去就是圓山飯店。前面看得到基隆河，風光很不錯的所在。遊覽車上的座位都是印有汽水廣告的雪白的椅套子，很派頭的一天要換一次。不用那麼考究的好，天天洗的話，就怕磨不壞倒是洗壞了，又是極費肥皂的。

出門到外邊來逛逛玩玩，本就只有一個意思，好好的慣一慣自己；要吃點甚麼，花點甚麼，手頭總要大些，都不能再拿家常過日子來比得的。出來就是解饞的；照家常那種吃喝用度，那是饞人的日子，不好拿來划算。圓環的吃物都說便宜，也真的覺得便宜到對不起人的地步。可是一坐下來，就要家裏幾天的菜錢，這都不能計較了。

相思樹的蔭涼底下，阿塗公看上了賣芋頭糕的推車。想吃車仔板的饞頭又惹上來。

如同還有些不習慣甚麼阿塗公不阿塗公的那樣，也不習慣遊覽車上可樂那些麻嘴的甜水。不習慣似乎也就是不解饞的意思，大約就是這樣中邪了的，要吃吃看臺噶庫的車仔板。昨夜晚，圓環的赤肉飯也吃了，魚翅羹也吃了，讚不絕口的甜喏甜喏。「車仔板有麼？」問跑堂的好幾聲，生意真好，跑堂的都聽不到，不能怪人家。把塑膠斗笠上的蒼蠅趕掉，不要在新斗笠上痾了黑點點難看。等着，跑堂的過來了，「車仔板有麼？」還是沒聽見，邱先生抵抵他肘，他還不以為甚麼，人擠人的，低頭挑幾根魚翅嚼。先生娘坐在對面，桌子底下踢踢他膠鞋底，這才阿塗公連忙看看先生夫婦兩，兩張制止的臉色。不知道又是城裏的甚麼規矩，沒有也就罷了，不是甚麼犯法的事情。

賣芋頭糕的說，車仔板賣完了，阿塗公不十分相信。

樹葉影子晃晃在小販的白淨子臉上，恍恍惚惚的有假，叫人疑心是否真的賣完了，怎麼芋頭糕還有這麼大的一盤？阿塗公湊進鼻子聞聞上面炸葱花的味道。做小生意的人也不規矩，一臉的滑頭相，頭上擦極多的油。

阿塗公就信不過生意人；像阿年哥，腰子啦、肝啦、前猪脚甚麼的，都不擺在肉案子上頭，別人或許瞞得過去，阿塗公可看不過去，專刁他的古董，冷不防把肉案子底下的篋筐子抄出來，一等好的肉盡在裏頭了。還老下臉來說，留給先生家的嘍！不是那樣的味道。先生家的錢比別人家的大麼？還不是貪圖到先生家看病拿藥不掏錢的。那樣的便宜也不要去貪的好。阿塗公在賣芋頭糕的白淨子臉上找謊色。說不定又是留給甚麼先生家人的，城裏人更要滑頭得多。這樣不大好的，年紀輕輕的就學着勢利。

然後阿塗公不死心的繞着小販的推車蹓跆大半圈，要認真看看車臺底下有甚麼破綻沒有。若是阿年哥，他可不客氣，伸手把下面那裏可疑的鉛桶搶出來看看究竟。

這也是勉強不得的。「好嘍，兩元錢的。」阿塗公讓步了。

人生地不熟的大地方，就有這麼多的不方便。阿塗公才不管那些呢，一無顧忌的用很大的聲音嘆口氣。

他把斗笠戴上，騰出手來，皺尖了他的嘴喙，伸手到釘在襯衫裏面的口袋取他的錢夾。西裝裏層的一邊一個口袋，由于太靠近領子，領口又太敞了，好像夜裏沒關大門一樣，所以目前還不能夠輕易的取得阿塗公的信任。

把錢夾塞回臨出來時媳婦替他現釘在襯衫裏面的那個口袋，放心的拍拍。用不着多買兩塊留給先生那兩公婆罷？阿塗公跟自己討商量。人多，給誰不給誰呢？都不好；那兩公婆也不稀罕這種粗食。阿塗公打許多樹梢上往山頂瞄瞄，沒見過那麼樣皇宮一般的排場，這裏看得到一邊甬角，黃琉璃瓦的龍昂，大紅漆柱子。電視上看過，那是黑白的，不覺得怎樣派頭。他們一夥兒不知道還待在裏面不，反正又是喝那些個烏黑烏黑的糖水，火炭煤泡的水，甚麼咖灰，喝久了怕要染黑了腸子。還不讓他進去呢，不講道理！斗笠也不犯法。

犯法的斗笠，早就不留屍骨了，灰也沒有一星星了。蔴竹葉做的斗笠真不經戴，濕久了就爛，晒久了便酥得碰也不敢碰。

接過芋頭糕，看樣子就不如鄉下的實在，越發比不得自家做的那麼真材實料。又這麼的不上秤，由着他切大切小，斤兩上一定有出入。反正就是這樣了嘍，到大地方能吃到甚麼呢？吃虧有的是。阿塗公逢到吃零嘴就要習慣性的找個地方蹲下來，或者地上坐坐，意思就是要享受就要全套的才是味道。

斗笠就放在脚邊上，亮黃亮黃的塑膠殼兒。人是愈來愈巧了，不怕濕也不怕乾，也不怕生黴走了色甚麼的。屬于阿塗哥那個時代的那麼影影綽綽的笑意思，偷偷爬到阿塗公的大顴骨上。被攔在飯店門口，先生勸他丟掉算了，要不然就進不去皇宮。

阿塗公是上廟一樣的誠心，一心想進去走走看看，見見大世面，回去也有說的。已經到門口而進不進去，總是冤枉。農會的新會長也替他阿塗公辦交涉，「我們就是甚麼啦，就是吃杯咖啡啦，也不是甚麼甚麼大宴會……」

聽說又要吃烏黑烏黑的糖水，阿塗公就不要一定非進去不可。

毛病不是出在一定不要喝甚麼沒有意思的黑糖水——又不是毒藥。自然也不是拼上一條命也不要扔掉十一塊錢一頂的新斗笠。不全是為的這些，敢跪下來對天賭咒。這樣子蹲着真不好受，領帶已給拉鬆了，問題是在西裝總把袖腋口做的太緊，襠也太緊，受罪的衣裳。

阿塗公盯住叉子上挑着的一小塊芋頭糕，要認真看看和嚐嚐有假沒有。城裏人真靠不住，他試了幾試才送進嘴巴裏，很小心的提防着叉子戳到舌頭。

也好。他跟自己點點頭。正好就用斗笠做藉口氣虎虎的往回走。一夥兒進去的，不能老惹人家會賬，有甚麼吃頭嘍，咖灰！還要落人情，不甘心夾在裏頭出那樣的冤枉錢，也不知道要出多少錢，怎樣盤算都划不來的。不比碰上先生來了興頭，拉上阿年哥幾個，湊份子合買條大鯉魚，吃一頓撒西米。那樣的話，他阿塗公從沒有小器過，額外還添過兩瓶紅露酒。

在鄉下，哪裏找得到地上有這麼乾乾淨淨好像使水清過多少遍的青草！坐是可以坐下來，也免得老讓領帶拖到芋頭糕上。沾上紅椒醬就怕洗不掉。這樣精細的料子，色氣淺得不藏髒，下水怕要掉色掉的更淺。

領帶是先生兩老仔慫恿他買的，又硬給他挑選了這根淺灰不是淺灰，淺藍又不是淺藍的色氣，那麼大的公司！他也不好不要，再不要，先生要掏錢了，他可急于要試試那邊自動往上翻的梯子，以為一定雇了人好像踩水車一樣在那裏用勁踩着。說是用電踩的。先生娘哄他說，領帶打上可以年輕十歲。又不要討填房，年輕十歲當得甚麼嘍！不信一根淺灰不是淺灰、淺藍不是淺藍的布條，倒能把人怎麼樣；除非是把人嚇住，一根布條能買三頂斗笠還賸錢。

阿塗公愛惜的看看覆在草地上的斗笠。

黃黃亮亮的塑膠斗笠，又逗他念起車仔板的滋味。斗笠不是蔴竹葉做的了，如同他阿塗公不再是阿塗伯，阿塗伯不再是阿塗哥，年歲越長，反而越俏了。買一頂新的蔴竹葉斗笠，家裏婆娘要走一條小街去找人家要個繭子，打一頭剖四瓣，釘到斗笠尖子上，免得老從那個尖子上破起，一破就張開像一朵大花一般，縫不得補不得的。

可是那頂新斗笠，儘管一口竹子清香的那麼新，又剛釘上繭子殼兒，也還是經不住伊藤仔那一脚。哪裏顧得甚麼新斗笠不新斗笠呢，人給打得一鼻子鮮血，然後關起來，到光復那年才放出來。只不過看着阿雄饞的可憐，偷兩棵蓖麻子回來，摘一小捧蓖麻子炒給阿雄和他阿妹吃。實在說不過去的事。

要是划算起來，兩年零四個月，那一小捧蓖麻子沒有數過，不過就是二十來粒，等于一粒蓖麻子換一個月的牢，就有那麼貴。

那末這根領帶真不算貴，就是這身西裝也不算貴了。

反正先生兩公婆是專門調唆他花大錢的，還勸他訂做呢。甚麼合身不合身！長短差不多就行了，腰裏肥一些，有皮帶紮住也掉不了的。太卡身了，搔癢癢都不方便。

那時光，要捧伊藤仔的不止他阿塗哥一個，先生反把伊藤仔藏在樓上，到處去勸大家。阿塗哥恨的要連先生一起揍一頓。

先生兩公婆還把罪過加給他呢，「你又不是不知道，戰略物資怎麼能動嘍！」

如今汽油當水用，也不犯法了。一到臺北看到那麼多大的小的汽車，真是不得了，合起來不是碗口粗的管子湧湧流着汽油流個不停麼？可是開汽車的也犯賤，一輛輛咬着尾巴擠滿了半邊街，另半邊老是空在那裏，這和一窩猪老往食槽一頭擠着搶食吃是一個樣。遊覽車給紅燈阻在高高的陸橋上，火車打底下過，阿塗公不放心的老往座位底下看看。從高處往下看下去，盡是成串成串金龜仔一樣的小汽車，想起園子裏絲瓜招了金龜仔，再不噴農藥怕要成害了。

「先生你看那邊，」阿塗公撇着嘴頭指指那些小汽車，「像不像粒粒金龜仔？」

「甚麼呀？」先生娘轉回臉來問，耳墜閃閃的。

先生倒是俏皮了阿塗公一下：「很像粒粒蓖麻子嘍！」

「蓖麻子！」阿塗公慣用極大的響聲歎氣。「要用這種蓖麻子一粒換一個月，唉——！就坐一輩子牢也划得來喏！」市囂和馬達聲裏，阿塗公有一種無來由的疲倦。

那骨稜稜的顴骨上生滿了黑白兩摻的短鬍渣子，顴骨大動作的打着呵欠，打出一眶子淚。有許多預先巴望的事，巴望到手便有這種乏味的呵欠。即使此刻捧在手裏的是黃黃亮亮噴香的車仔板，也不免忽然疲倦起來。由不得人的事總是比由得人的事多多了。就說老罷，年青的時日不曾過夠的樣子，老就到了，離六十歲還差一截路呢。老聽上一輩子的人說，人沒老，給孩子喊老了。就是這樣子的；給人喊阿塗哥，覺得還沒有聽慣，便升等阿塗伯，然後一抱孫子，想賴也賴不掉的阿塗公的帽子罩到頭腦殼子上。不是給孩子喊老，是被人比着孩子喊老了。牙口還這麼強壯，截鐵絲都不用鉗子的，怎麼能叫人服老嘍！牙縫塞點甚麼，也是老早就有的，阿塗公剔着牙，把剔毛了的一根火柴插進火柴盒，換一根新的。先生剔過牙的火柴總是順手丟掉，又總是一手剔牙，另一隻手摀在嘴上，又浪費又斯文的，阿塗公一樣都不要學。如若一根火柴剔着齧着短而不能再短，為了預防等會兒遺失了或者潮透了擦不着，阿塗公便寧可趕緊搭上一枝香菸也在所不惜的。俗語常說：「吃着不疼糟蹋疼。」擦火的東西就要擦了火才夠本的。阿塗公把火柴剔出的一塊葱花抿進嘴裏，越嚼越覺着香，似乎兩塊錢的芋頭糕，都比不上這一星星葱花叫人意味無窮，很專心的品着。

說是一等等的升上來，很不容易，有時候是這麼覺得；有時候又不一定。說不清楚的道理，很糊塗人。給阿雄去山裏相親的那光景，都像昨天的事，如今真像一夜之隔，阿金、阿水，下邊一個該阿甚麼了？名子得取了，做阿公就有這麼多麻煩。嘴角含着根火柴棒兒，阿塗公很響的歎一口氣，遇上快樂的時候也是這樣，很滿意給阿金和他小兄弟買的兩頂帽子，過年就好戴了。一瓣水紅一瓣水綠，極鮮彰派頭！先生娘老說：多土喏！捧給先生評理，先生不是說麼，小孩子戴的，熱鬧的好。挑選帽子時，阿塗公也是止不住的大聲歎氣，「誰叫做阿公嘍，阿公不好做喏……」念着，得意着，而又着惱的樣子。給阿雄到山裏相親那個時候，怎能想出阿金是這個調皮的小模樣！小山猴仔，活活的那一對耳朵就是阿公的，往前招着，泡漲起來的木耳。阿年哥就是沒有一張好嘴，守着媳婦開他的玩笑。憑良心說，阿塗公是偷偷的招認，阿金這個長孫，他是偏心的多疼一些；花瓣帽子之外又買了一枝小汽槍，一扣就白兒的一聲，繫着細繩的小瓶塞子就飛了。也不是偏心，阿塗公偷偷的有些心虛，跟自己解說，阿水還小，只懂得抓着甚麼往嘴裏入，十個指頭有長有短，咬那個一口也是疼。這樣的解說就使任甚麼人也滿意。阿塗公抽動一下耳朵。小山猴仔！一點點小，一根小牙沒有長，阿塗公抱在腿上逗着：「沒牙家，沒牙家……」那對往前招風的耳朵居然就跟做阿公的一模一樣的動起來。半輩子過來都惹人笑他前世是個會動耳朵的四蹄畜類，不料反被小孫子逗他得意起來了，祖孫兩便有事沒事的比耳朵玩着。要說偏心，怕也是躲不住的了。阿塗公瞧着沒有人留意他，狠狠搧了兩下耳朵。才出來沒到兩整天，就這麼黏黏糊糊想孫子，人是真的犯賤喏！一個人笑起來極不好意思，讓人說發神經，阿塗公歪起嘴來咂牙縫，當作牙縫裏塞了太多的食渣，這樣才把臉上蓋不住的傻笑給拆散一些。

然後阿塗公把草地上的塑膠斗笠拾起來，遮在臉上，自己也不知道這是甚麼意思，就憑這樣子喜笑無常，怎叫人認老呢？也不知道穩重一些的。

斗笠是故意做的像真正蔴竹葉編的式樣。迎着亮，看得出一道道有薄有厚的紋路。一瓣一瓣的數着，一邊兩個氣眼。阿塗公把臉埋深進去，湊近氣眼的小洞洞想窺到一些些甚麼。于是很舒服的打一個飽嗝。從小洞洞看出去，不知甚麼道理，顏色比較鮮彰。炸葱味的氣味悶在斗笠裏許久都不散。把斗笠移開來看看實景，又罩到臉上瞄瞄，這樣一比便越發覺着氣眼裏的景緻有意思。那一杯黑糖水能喝上這麼久麼？這也是阿塗公忍受不了的苦事。慢慢把斗笠移轉着，找山頂上的皇宮看。「攝相，攝相……」阿塗公跟自己說出了聲音。很不容易對得上那個方向，却是有些作怪。

斗笠罩在臉上，這就使阿塗公沒有味道的又觸起那點虛驚。

也不能怪自己嚇唬自己，確是被伊藤仔嚇破了膽。一見黑制服的警察，心裏就咚的一下，想想看，光復五六年了，心上那塊爛疤還不曾收口。不獨心裏咚的一下，手還忙着護住頭上的斗笠。阿塗公一直都偷偷的希望那一次瞞得過阿雄他們，若不然，真在那大的兒子前面丟臉；一路上教訓着阿雄這個那個，極像做阿爸的活神氣。鐵牛車慢不慢的，也是拉風拉得極強，話一出口就被風給撕成一片片的破布樣子，褲角劈拍的飄打着。阿塗公大聲喊叫的教訓着兒子。鐵牛車馳在入山前的過水橋上，看到橋兩邊很深的鵝卵石河牀，阿塗公叫自己感覺這是威風八面的駕着飛行機，風是在斗笠緣子上忽強忽弱的打着尖嗯哨。「嗯哪！放斯文些就不會錯啦！……」這樣重覆的喊叫着，背後的媒人也跟着一搭一腔的喊叫，「是喏！不會錯嘍！……」對方家產比阿塗公家強得多，就是這一點使阿塗公擔憂這樁婚事。不過阿塗公也不是毫無仰仗，對方吃虧在窮山坳子裏，跟山裏比，平地又是城裏了。阿塗公不是沒有心機的人，就拼命在這「城裏人」上多誇炫一些。本來是該坐客運車來的，又快又不累人；只是客運巴士只到山口，裏面還有二三里路，走得風塵僕僕的，投奔有錢的貴親一樣，沒有城裏人的派頭了。單是鐵牛車驚心破膽這樣大的動靜，就能把那一家人唬住。不過還是不要讓阿雄被人看古董，不能不交待又交待。

這都是過時的事了。設若放在現在去相親，鐵牛真是沒有甚麼好風光；現在該是兩子爺一人一輛摩托車，大媒就讓阿雄載，瞧那一路威風罷！不過，索性去跟先生家借一輛給媒人騎，越發的好看相；一字三輛開進山，停在親家門口，噗噗噗噗，不忙熄火，笨鐵牛都能招來那麼多的大人和細狻仔把他三個圍住，沒有下脚的空，不用說神氣活現的摩托車了。電視上就曾看到過迎接外國國王的排場，倒是真有些開飛行機的味道，那便用不着跟阿雄那樣左交待、右交待的多嘴，心裏老是放不下的忐兒忑兒的。

鐵牛嘩嘩啦啦的馳在橋上，加上河谷裏風特別強勁，叫着喊着的訓子，下巴收的很緊，雖是對抗撲面的強風，提防斗笠吹走，也覺得收緊下巴極有做阿爸的尊嚴，很過癮的滿意。一面望着矮矮的橋欄外往後飛馳的河石。該到橋頭了罷，橋頭稍稍上一段坡子，便是入山口，悶着頭看兩邊河牀，似已走有很久，該已過完這座長長的過水橋了。山洪把河石冲得纍有橋洞高，約莫到了，一抬頭，黑衣警察正打引道坡上往下走，上下相去百十步。

又是阿塗公——那時是阿塗伯——頂熟悉的心裏咚的那一下，接着就像鐵牛的馬達一樣噗噗噗噗不停了。

是覺得今天有個甚麼兆頭，原以為生平頭一回率着兒子去相親，總是不尋常；且又疑心有些強求這樁婚事，拿不起放不下的白擔心事。活該這麼着了，「阿雄啊，跟阿爸換換手，快到了。」雙手搗住斗笠，覺得這輛鐵牛先前嘩嘩啦啦不夠聲色，一碰見黑衣警察又忽的發現這太招搖了。

避着風向，阿塗伯幾乎有點着慌的爬到後面拖車上；警察大約已經走近了，阿塗伯是用背朝着警察來的方向。平時早就訓起阿雄了，哪有那樣往駕駛座子上猛一跳的道理！年輕人，精力剩的多，老不往正道上用，走沒有走相，站也沒有站相，坐在那裏哪像開車的樣子！阿塗伯忍住嘴動，打壓得低低的斗笠底下瞪緊阿雄的背，不要叫警察聽見他的聲音。阿雄的衣衫也不規規矩矩的穿整齊，交待了一路，居然這才發現那雪白雪白的新府綢襯衫，不把袖口的扣子扣上，捋到肘子上頭；要跟誰相打，還是去田上做粗事？

平時也不是不常見到警察老爺，人多的地方，誰管誰呢？避避面就過去了。荒天荒野的，不見一個人影，這就覺得不是一回事，瞧那警察連個彎子也不打，風把那身黑制服鼓得打抖，一直線走過來。

「走親家是麼？」警察瞇緊了眼，避着風向喊呼。臉是皺成很難堪的樣子。

居然阿雄不答話，坐在前面幹甚麼啦，也不學學禮。阿塗伯還在等着兒子出一點聲音，好歹應人家一聲也說得過去，不懂得禮數的猴仔。

而大媒人也不作聲，都啞巴了麼？真氣死人。
不單不應人家一聲，反把鐵牛也弄得熄火了。
阿塗伯一衝要衝下去摑他的兒子。可不是發火的時候呀！「是嘍，相親嘍！」這就不能不趕緊上前跟人周轉一下，可是褲子給掛住了，不敢硬拉，就維持一個遷就的不動姿勢。臉面皮忽的嫩起來，自分是紅了許多。
「要恭喜，要恭喜！」警察繞着鐵牛過來。
阿塗伯應付的點着頭，陪上一臉板硬的笑，手是伸到背後偷偷的摸索。千萬不能掛破了褲子。阿雄却不趕緊過來看看。
「別慌別慌……」警察說着也湊上來，小心的不得了，跟他手扭着手的慢慢把褲子從拖車的繩欄上開脫下來。
「破了麼？」不放心的摸着試着。
「莫怕啦，極細極細的三角口嘍。」
「看得出麼？」
「不要仔細看嘍。」警察口說不要仔細看，蝦下腰又看一遍，樣子很像要聞聞他矢窩。

忽而阿塗伯警覺的退開。伊藤仔提溜起他的後腰帶把他像稀年糕一樣摔在地上，似乎就是用的這個摔角姿勢。

阿塗伯退讓開來，不自主的摘下斗笠，雙手捧在胸前，眼睛裏有一種央求的和氣。這才有一股衝動，好似做着夢爬起來，一時弄不清要怎樣。

塑膠斗笠重又把臉子遮住，「沒牙家，沒牙家……」彷彿一斗笠都是阿金那小山猴仔的奶香，嘿，招風的小耳朵，活托托阿公的孫子。做阿公也是賤命，才出門兩天，就這麼死想。

塑膠斗笠從臉上拿下來，阿塗公瞇着眼望望那邊長得好盛好盛的矢坑花。——先生家叫做夾竹桃。沒想到那個警察還幫着他兩子爺把熄火的鐵牛推上坡。打山裏相親回來，一肚子樂，「停停，停停……」吩咐駕車的阿雄，一面老遠就跟那警伯揮起斗笠招呼。「停停，停停……」阿塗公捧着塑膠斗笠往矢坑花那邊走着，發現自己回想着却叫出了口，有人對他看，不大好意思。惹人笑話嘍，花是又高又密，好像一面高牆。硬鑽是鑽得進去的，好在內急也不十分急，找找看有門進去沒有，基隆河就在矢坑花那一邊。人家迎上來跟他道喜，阿雄是不太懂禮教，穩坐在那上面，就怕鐵牛給人搶去了似的。

「再來聊啲……」警察湊合了幾步送他兩子爺一下。

「下山來聊啲。」阿塗伯狀至愉快的揮動斗笠。「等喜日來吃喜酒啊！」

「一定來，俺致謝。」

車已上橋，那黑衣警察仍然手豎在頭上。遠一些以後，便看不到是在揮手還是招手。

心頭上平時不覺得怎麼沉的，經過那一場才知道輕快了許多。伊藤仔的年月實在應該早就不在了的，害人還要牽腸掛肚！如今想買伊藤仔踩爛了的那種斗笠也買不到了，反而有些兒鄉愁。

找到矢坑花行有了缺口，阿塗公等不及的解褲扣，叉着腿一路解過去。而樹背後有飯攤子，嚇轉來，便溺也不覺得還在肚子裏了。

一路找缺口，不覺為意的走下這麼遠了，心裏好生着慌。車子要是開走了那才操蛋，阿金的花瓣帽子和小汽槍都還在車上，阿塗公帶着小跑，農民的腿脚，打不直的往回跑着，手按住頭上的斗笠，遊覽車若是開了怎麼辦？不是錢的問題。按了按裝票子的地方，這樣大的城，淹進去連一個小泡泡兒都不冒的。車上還有先生兩公婆，小花帽和小汽槍都丟不了……跑着勸着自己。可是離家相隔幾百里。莫看人家清早來，天不黑又回到家了；要不坐車子，看要走多久。看着別人吃肉香，也是啃骨頭啃出來的……。

拐過彎，一眼看到遊覽車還停在原地沒動，像是見到親人一樣的高興。車上還是不見一個人，把人好嚇了一場，沒見笑的。

腿脚也便放慢了。

他們的黑糖水還不曾喝完麼？

忽有一陣震撼人的大動靜，阿塗公嚇愣了的樣子，站定了不敢再動一下。

他看到了，一架無大不大的噴氣機，低得要撞到房子的樣子。怎會有這樣大的飛行機喏！

「這大！這大！」飛機一下子就低到那一排房子後面了。

阿塗公驚喜的看看四周，要找一張也是驚喜的臉來同情同情自家。而能夠看到的人，似乎都是木頭人多一口氣，匆匆的趕路，真是的，怎麼不受那麼大的飛行機感動！

阿塗公收拾一臉的驚喜，摘下頭頂上的斗笠。他把斗笠反過來，又正過去的看看。

「這大！這大喏！……」

不知在跟誰說，傻傻的好似把自己也忘了。

「不知道准不准坐……」喃喃的望着天空。

阿塗公的意思是飛行機上准不准戴斗笠。

「要問問先生兩老仔。」他跟自己說，很大的聲音。

一九七六年十二月十日北投

冶金者

長年讓碎磚末子搽胭脂一樣搽紅了的晒磚場上，打斜裏扯着一條比煙囪本身長出兩三倍的影子。暗褐色而含着微紫的這條長影，橫鋪在一排排花疊着約莫兩尺高的磚坯子上面，一路起伏過去，成為地圖圖例表示城池的那種記號，好些個「弓」字相連着。

站立在卡車車尾上的檳榔仔，眼睛從煙囪的長影子那裏收回來，扎煞一雙戴粗線手套的大手，沒奈何的看看偏西的日頭。

「停手了罷，好停手了罷，媽底……」該是第一百次了，檳榔仔用他那張嚼檳榔的血紅大嘴衝着車下窮吼。

車尾下頭，兩個傢伙打得一身的髒紅，扭做一團兒廝纏着。

阿螺又一度佔了上風，騎在姓賈的肚子上，一手搦住姓賈的脖頸，另隻手緊緊捏住那隻精瘦的山羊鼻子。「吐出來，給我吐出來，幹你娘，還不吐出來？……」他是這樣的硬逼着姓賈的。

阿螺個子高，胳膊比姓賈的長得多，這對姓賈的很不利；阿螺整得到他，他搆不到阿螺。

「……好啦，幫幫忙，老子請客啦……」檳榔仔吐一口鮮紅的唾沫，口氣軟下來。

起先，沒有留神怎樣起的爭執，只顧搶時間往車上裝磚，還以為兩個傢伙爭甚麼吃的，在打鬧着玩，一個去摳另一個的嘴巴。姓賈的嘴巴硬被摳出血，眼看着打惱了，都虎下臉，手底下沒有輕重的認真起來，以至阿螺那件印着「賜爾康」西藥廣告的汗衫，打上到下撕成了對襟兒唐裝，便越發不能罷手。「……有種你嚥下去，你不怕吞金死了的話……」一直都是阿螺在叫罵不停，姓賈的始終咬緊嘴巴，沒聽到他吭過一聲。

這才檳榔仔弄清楚這兩個傢伙到底爭的甚麼。看樣子又是打四色牌拉扯不清的賭賬，不知是誰賴誰。不過憑阿螺那麼大的個頭，要是存心賴賬，似乎實在說不過去；若是人家賴了他，也犯不着這麼要命的死揹。「媽底，沒有出息，」檳榔仔罵着：「阿螺嗳，你是漢子，媽底你在乎！」

用那嚼檳榔的紅嘴去啐人，看來有一種血口噴人的無賴。

但是罵歸罵，拿他自己來說，除掉討老婆張羅聘金那一回，知道金價掛牌多少，這一輩子不知道還摸不摸得到一次金子。

車子上，站磚已經裝上五毗多，再湊滿一毗就開得了車，偏偏這兩個傢伙撕扯不完，瞧着來氣。「好了好了，晚上請你倆鬼仔上圓環，拜託趕緊裝車啦……嘿，保安街，老子請客！——媽底老子也不是沒有請過……」這樣，成了他檳榔仔一個人停在車尾上自說自話；這麼樣可兌現，可不兌現的猛開支票，都打不動這兩小子心，惹他重又吼起來：「再不住手，看罷，要找你們老板來……」吼着吼着，似乎覺得沒有行動，還是白嘮叨。待要走搭在車尾上的跳板下來，一隻脚已經踏到上面，試了試又縮回去。心想，這麼罵一陣，嚇唬一陣，又把好話陪上一陣，但和一開始時，唯恐打不起來，猛給他倆加油，都是一個味道，當作閒磕磕牙，消遣消遣。果若認真的惱起這兩個小子，不用別的，一個腦袋上賞一塊磚頭，從這麼高丟下去，就省得開銷多少唾沫，費那麼些唇舌給他倆拉架。

姓賈的既然肚子被死死的壓住，手臂又短了一截兒，搆不到阿螺身上任何一處要害，就只有死命的狠狠擂着阿螺兩邊肋巴。那一對拳頭，狠狠的擂着，也不輕的。姓賈的是一臉髒紅，說不出是沾上去的磚粉，是嘴巴出的血，還是脖子搓阿螺揹得太緊，揹成那副樣子。很難得的還算是阿螺頭上那頂塑膠斗笠，打了這半天，都不曾打掉，不可想像的繫得有多牢靠。

猜不出那是多重的金子，值得死去活來的這麼樣子拼命。不過既能含進嘴裏，起碼不是金鐲子。

「打罷，打罷，」檳榔仔止不住又嘮叨起來，「有種就這麼打，老子倒車，把你兩個小子軋成四塊。」

但是老狗仔並不在車上。

這個死老狗仔，一把車子倒到位置上，就不見他人，專跑磚窰背後去，找女工們吃豆腐。他是蒼蠅，見女人如見血，虧他不怕見笑，把他家裏那隻母老虎叫做蒼蠅拍。「找他去，」檳榔仔咕噥着。

檳榔仔剛一踏上跳板，低頭再看他們倆一眼，了不得了，這兩個傢伙只怕要出事；姓賈的不知怎麼會搆到一塊半截兒磚在手上，一下一下沉沉的砸着阿螺的肋巴，像打在一垛土牆上，不時的想能更進一步，搆着打得到阿螺的腦袋。阿螺仍騎在姓賈的肚子上，以肉做的身子承受硬磚頭塊，也算他經得住敲打。不過阿螺可不是省油的燈，一雙鐵鉗子大手，重在一起，狠狠的箝住姓賈的脖子，直把姓賈的搿得青頭紫臉，老往上翻着白眼兒。

「住手！住手！」檳榔仔往空裏揮着拳頭，不由人的替阿螺感到周身一陣子肉顫，下決心非把他倆拉開不可。

但是一個念頭猛打了檳榔仔一記——然後一頭腦的金子嗳，金子嗳，金子嗳……

倉卒的一眼掃過去，整個那麼大的晒磚場上，看不到一個人影子。只有公路這邊，像要急急逃脫西晒的烈日似的車輛，飛過去一輛，又飛過去一輛，瀝青路面給唧唧唧唧的粘出泥濘的黏聲。

檳榔仔順手摸起一塊磚頭，瞄瞄準，同對付一隻四脚蛇的那麼個姿勢，衝着阿螺頭上那頂塑膠斗笠丟下去。

急促的那一瞬間，檳榔仔聽到自己說，打得好，打得好，除非這樣子眼歡手快，要不的話，怎樣也別想拉得開這一對混蛋。

只不過不是他所料想的那樣，阿螺並沒有應聲倒下去，只是斗笠打歪了一些。檳榔仔又慌促的回身扯過兩塊磚頭。但是發現阿螺這才倒下去，倒在姓賈的一旁時，手裏的磚頭已經留不住，兩塊同時都落到姓賈的腦門上，一點遮擋也沒有。不知怎麼會那麼準，真叫他喪氣。

晒磚場上依然不見一個人影。檳榔仔慌慌張張的來不及走跳板，直接從卡車上跳下來。

兩個傢伙像要幹甚麼勾當，小電影裏的，這一個側身躺着，摟住那一個，害羞的把斗笠蓋在臉上。斗笠雖然打穿一個洞，可是破的那一塊，連在原處，形成半島形狀連在上面，並不曾完全脫落。用膠布粘一粘，還是可以戴。

姓賈的仰臉朝天，坦然的挺在地上，口張得很傻，露出一排黃亮亮的四顆金牙。

檳榔仔急忙脫掉一隻手上的粗線手套，塞到腰裏，彎着指頭挖進張得很傻的嘴裏去。腦門和鼻孔裏，有血涔涔的湮着。檳榔仔很是着慌，偏偏姓賈的舌頭好大，堵在當門，老擋着手。指頭為了撥開碍事的舌頭，費了一些周折，然後到處碰到些硬的，不知為甚麼，一個人怎會這樣多的牙齒，真他媽底了，這才在牙圈之外，勾到了一枚夾在顋裏的戒指，所幸沒有嚥下去。

「不好啦，要出人命了……」

直起身來吆呼，檳榔仔差一些被側臥在一旁的阿螺給絆了一跌。而經這樣一蹭蹬，忽然清醒過來，覺得還不是呼救的時候。

托在手心的戒指，上面黏着唾沫，特別晶亮，其中一顆小氣泡泡，嘣兒的炸了。實際上，也是一枚新色未褪的亮戒指，才打的首飾，不曉得是誰從家裏女人那裏偷來抵賭賬的，真敗家。

檳榔仔剛把戒指塞進卡機布褲子的口袋裏，又忙掏出來，記起這個口袋是漏的；有一回裏面裝着兩個紙板火柴，天氣太過燥熱，不知怎麼磨擦出火來，忽啦那麼一聲，隔着一層褲子，連按是按的，才按熄掉。口袋燒破一個大洞不用說，由于不曾穿襯褲的關係，皮毛也給焦焦的燬了一大遍。

塞妥了戒指，不知所為何來的匆匆把兩個傢伙拖開，離着車尾遠一些，好像這樣，就跟他無關了。不想拖着阿螺時，把搭在車尾的跳板碰塌下來，好大的動靜，把他給嚇了一個結實的。連累加緊張，弄得檳榔仔直喘粗氣，結果又碰倒一堆磚，把脚後跟也給砸痛了。這一堆磚，好像是爭吵之初，阿螺挑着一挑子磚，正要上跳板，一氣就放下在那兒的。檳榔仔抱着痛脚，一隻腿跳着，眼前是作踐得一片狼藉，不可收拾。

兩個傢伙大約都昏了過去，不會那麼不經死，身子還是軟軟的。阿螺重得像棵颱風颳倒的大榕樹。他把阿螺一對長腿，一邊一隻的夾在腋下，身子往後倚着拖。而這棵大榕樹，倒雖倒到地上，仍還有老粗的根子連在地底下，死命的拖上半天，左右打着轉轉，沒離開老地方多遠。「媽底，不管了……」放下手來，檳榔仔隔着褲子摸摸金戒指，把手套狠狠的戴上，似乎為了阿螺這麼樣的跟他彆扭，惹出一肚子的氣。人又縱上車子，兩手罩在口上，衝着那座像是國民中學大樓一般的雙層大瓦窰直着嗓子喊叫。喊出一陣咳嗽，把嗓子都喊岔了。

打車子上往下看，真是被他踢蹬得不像話，這麼一個光景，看在不知內情的人家眼裏，只怕弄不清是怎麼一回事。很簡單，兩個人打架打成這樣，他跟自己大聲的說。

大瓦窰後面有人過來。

「鬧人命啦，鬧人命啦……」檳榔仔搧着兩隻手臂猛喊。

但腦子一動，哪裏會有兩個人相打，同時都被打昏過去的道理？說不過去。為此，人陡的吃緊起來。

「哪裏想到的，啍啍，真是啊，哪裏想到的……」喘吁，怎樣也制壓不住心虛的發抖。「就是啊……不是嗎……他兩個……」

「是不是跳板沒放牢？」燒窰的師傅仰着臉問，拉着姓賈的一隻手，正在那兒試脈。

「啍啍，跳板滑了，」檳榔仔得了救一樣，「不是嗎，阿螺挑磚……挑磚正走到這裏，只差一步，啍啍，連人帶磚跌下去……」

「阿塗正在底下，給砸倒了，是吧？」一個燒火工問道。

檳榔仔來不及的點頭。「就是這樣，就是這樣……」他才知道，姓賈的名叫阿塗。

「先別管這些，」有人叫着：「趕緊送醫院。」

一時間，陸續陸續的聚來好些個人，女工們夾在當中吱吱喳喳的驚叫，男子漢則亂出主張。

看看晒磚場上，這部卡車之外，只有那麼一部污黑的鐵牛。檳榔仔雖則心裏落實得多，摸摸褲子口袋，但仍急于要儘快脫離這個是非之地。從人窩裏，他把司機拉出來，咬着耳朵說：「車子千萬不能答應，啊，耽誤了貨，是你老狗仔的。」

司機直眨眼睛，看看自己車子，再看看那一窩人。

「上車開車呀！」檳榔仔緊催慢催的推着老狗仔。

「不大好意思，人家也是幫忙我們裝車。」

「媽底，一車的磚，你想連磚帶人開到醫院去？」

司機咂咂嘴，後腰裏扯下毛巾，直擦下巴，似乎這麼擦下去，能擦出甚麼主意來。

「媽底，你是女人！」

「你才媽底。」

司機還是擦出了主意來，跑去公路上攔汽車。他們幹那一行的，總是知道攔甚麼車，該打甚麼手勢；翹着大拇指，打橫裏比劃着。

不能再等湊滿六毗磚了，檳榔仔來不及的爬進駕駛助手座裏。車子發動時，聽見說，有一回醒了過來。

一時檳榔仔覺得阿螺這麼一回醒，倒又說不定有利還是不利于他。車殼給晒得火爐子一樣燙人，上了路，一拉起風來，這才清爽些。

「你看我們有沒責任，萬一出了人命的話？」

「到今天我才知道，」為了壓倒引擎的響聲，檳榔仔叫嚷着說：「你老狗仔，狗膽子這麼小，媽底……」

或然之一

密像魚鱗的小塑膠牌子，數得檳榔仔脖子都仰痠了，這才查到尹阿螺是在三三二號病房。又問過服務臺，才曉得三三二號病房在三樓。

走道頂頭上，一溜三間病房。朝着走道的中間這間病房正是三三二號。停在門外，臨時，檳榔仔把面容調整一下，一張張病牀瞧過去。一共是八張牀，兩張空着，白被單平平整整的鋪在上面。另外那六個病號，五個平躺着，一個扭起半邊身子，就着牀頭小櫃在吃甚麼，一臉的絡腮鬍子，沒有領子的病患衣，顯得人脖頸老長老長，像一頭偷嘴的饞驢。

把檳榔仔弄得張着紅嘴發愣。六張臉數完了，為何阿螺不在這間病房裏？退後兩步，不放心的又瞧了瞧門上號頭，並沒有看錯。明明磚廠老板說，阿螺住的是這家醫院，跟他訴說半天的苦，想請他們營造廠多少貼補一點醫藥費；工程一包就是幾十上百萬，哪裏在乎三千兩千的呢？別看錢不當錢，四毛三分一塊磚，折合起來，少說，三千塊磚頭是白燒了。跟他檳榔仔說這些有甚麼用呢？「你還是直接找我們老板去……」只能那麼應付着，當然也是實話。問清了阿螺還有兩天院好住，人是沒事了，才趕來看望看望的。方才那片魚鱗上也是寫的清清楚楚。上着樓梯，一路都在唸着：三三二，三三二……也沒有記錯。要麼是提前出院了，總不至于送進太平間了罷——要說誰捱的重，倒是那個姓賈的阿塗，兩塊新磚，頂着腦門砸下去，他們卡車開走時，還沒有醒過來，兩個傢伙一比，阿螺長的那麼捧，頭上又戴着塑膠斗笠，多少當一些用的。反而姓賈的搽搽藥就回去了，雖然紫了大半張臉，紫藥水還不曾洗掉。

除非記錯了號頭，檳榔仔有點兒疑心起自己的記性。但是要再登登登的跑回樓底下去數那一大遍魚鱗，再登登登的爬上來，又不很甘心。

「不進來呢，檳榔仔？」病房裏那個長脖子的病號招呼他，一聽就好耳熟。真的不敢認，覺得沒有兩天工夫，怎麼兜臉的鬍子長出來了。「媽底，不像你……」

看上去，阿螺不單是脖子長，鬍子長，腦袋給紗布纏得像日本人，一切都弄得走了樣；而且背也駝了，兩個肩膀也很寒酸的聳着。

「多虧你嗳，真是多虧你……」阿螺拍拍牀框，請檳榔仔坐下。嘴角上還殘留着剛吃過的甚麼黏黏的渣滓，瞧着倒是一撮子黃膿。

「虧我甚麼？虧我鳥！」檳榔仔說着隨便的噌了一聲，裝做不在乎，不大知情，但是心裏頭一陣子不安起來。

「怎樣？」檳榔仔問他：「沒事了罷？」

「比起來，這一點傷還算甚麼，不是你幫忙，遮掩過去，我要吃官司了。」

阿螺很虛弱的搖搖頭，不知他頭搖得是甚麼意思；是不滿誰個，還是追悔甚麼。而說的這些話又是甚麼意思，檳榔仔也弄不清。

「你們廠裏有人來看你沒有？」這都是廢話。

「來了；老板他們，還有阿塗。」

「姓賈的？」

「幹伊娘，他來，也不是來看我。你親眼看見的，他一磚頭把我打暈過去，還賴我把他嘴裏金戒指拿走了，睜着眼睛賴人——」

「噢，你倆拼了半天的命，爭一個戒指？」

為了怕臉上走漏了甚麼假，給阿螺識破，便伸伸脖子去看小櫃子上的白磄瓷碗裏盛的甚麼鬼東西。

「我女人送來的蒸蛋，女人真嚕囌。」

「有女人疼嘛，媽底還不知足。」把話扯開，但又想知道究竟，就是為這個來的。

「你逼着姓賈的吐，吐，就是這個啊？」

「幹伊娘，黑心，他想獨吞。都是好幾年在一起的……真不夠意思。」

「賭錢贏的麼？」檳榔仔摸摸褲子口袋，戒指按在掌心底下，隔着兩層布，很清楚的小圈圈。

「也沒有香菸請你，」阿螺眼睛落在他摸着口袋的手上。「甚麼賭錢？兩人合夥買的。」

「那他姓賈的真不該了。」

「說他黑心嘛。」

「真是啊，人心最毒。」檳榔仔很憤懣的咬咬牙。「包一層肚皮，誰知道誰心？還記得我老阿婆常說的：人心晝夜變，天變一時刻。真是不錯的。」

「哪要晝夜變呢？一天一夜要變一百單八次。跑來兩趟，拿話威嚇我；要不把金戒指交出來，就要告我謀財害命。」

「他憑甚麼，媽底！」

「怪我手頭重了一些，」阿螺指指自己下頷說：「我把他掐瘀血了。」

「又沒有媽底掐死，告他的卵子！」

「謀殺未遂，他要告我。」

「讓他告去，哪有這樣簡單。他就是威嚇你。」

「我是不怕；」阿螺漸漸的顯得有些精神。「虧得老板來看我，聽他口風——

真虧你啊；老板抱怨我粗心，弄得我半夜穿褲子——摸不清哪正哪反。抱怨半天，又囑咐我千萬小心，以後。我怎麼說呢？對不上頭。老板看我愣睜睜的，怕我腦震盪，不省人事，或是把記性丟了，醫生也幫忙一點點套話——」

「記性還是有的，是罷？」檳榔仔有點兒緊張。

「沒有——那還得了？」阿螺歇了一會兒說：「先想說，是阿塗下辣手，用塊磚頭把我打暈了——你不是親眼看到嗎？他用磚頭狠揍我背後這裏，後來，我還正心裏想着，怕要捱他打出內傷了……嘴說不及呀，頭上猛捱了一下，兩眼一黑，就甚麼也不知道了——」

「你沒有跟醫生說這個？」

「想說的，我記得嘛。」阿螺舔舔嘴，仍沒有舔下嘴角上黏着的一小坨兒蒸蛋。

「心裏不是打怵嗎？」

「你有甚麼要怕的？」

「不是說，記性沒有的話，要過電的。」

「媽底。問你跟醫生說了沒有，說你是怎麼暈過去的。」

「唉，那不能說；一來，最後我也把他脖子搦得差不多了。二來嘛，那會姓賈的還沒來過，我還不知道他死活怎麼樣呢。」

「哪有那個道理？」檳榔仔寬心起來，所以很體己的瞅了阿螺一眼；就像老阿婆對待淘氣的孫兒那樣，又疼又氣。

「怎麼？」

「他有本事把你打暈過去，他還死得了？」

「不一定哦；人沒死透的時候——」

「那你怎麼跟老板說？還有醫生？」

「哈，他們套我話，我也套他們話。才慢慢弄清，老板聽信你說的。」

阿螺似乎越發有了精神，很為他那麼機靈而神氣，忙將白磄瓷碗拖近一些，把牘下的一點兒根子，刮一刮，送到嘴裏抿抿，慰勞慰勞自己。

「幹伊娘，別老笑我是愣大個。」這一次他是把嘴角舔得很乾淨。

「你說那顆金戒指怎麼辦？白白便宜他呀？」阿螺又忽然想起的問他。一條半濕半乾的灰毛巾，捺在鼻頭上抹了抹汗。「勞你神，檳榔仔，給我出個主意……我不跟他姓賈的甘休。」

「算了罷，阿螺。」

「算了？你說的簡單。」

「是這個罷？你看看。」

檳榔仔站起來，從口袋裏摸出那枚戒指，送到阿螺鼻尖上亮亮，等着他接過去。

……

或然之二

時已夜半，兼燒焦炭的磚瓦場，就在晒磚場靠近公路的這邊空地上，三處燒着烈火。車輛打公路上過，都能夠感到一股熱氣撲進車裏來。

而且老遠就瞧得見三處幾乎相連的那一片燭天的火光。火是把高天上不很圓的月亮，燒得一臉盤的煞白，越發的冷清；而撲撲的火焰，也顯得只有十八層地獄裏，炮烙和油鍋的毒火，才是那樣的毒紅毒紅。

像這樣的時間，這個時刻到窰上來，檳榔仔還是頭一遭。檳榔仔手裏拎着兩刀錫箔，以及冥國銀行萬元一張的兩百萬新鈔票。

走過賬房，閉門合戶的一屋子黑。再過去便是瓦窰老板一家住的一溜三間兩頭房，也和賬房那邊一樣的烏漆螞黑；燒焦炭的火光照到窗子鐵欄上，那上面繫着一東端午節留下的早就乾枯的蒲艾，幾枝榕樹的枝葉。往後再過去，一排矮蹲蹲的工人住屋，有人耐不住裏面悶熱，用單子蒙頭，就像蒙屍首一樣的嚴嚴的蒙着，露天睡在地上，鼾聲從單子裏頭濾出來。

再後面兩間孤單單的屋子，他知道，一間堆的是磚瓦模子，小推車，鏟子，叉子等等。另外一間是裝着打泥的馬達，輪帶打牆根的洞口裏通出去，綳緊在泥槽底下的滑輪上。那末，不用說，姓賈的屍體，一定是停在堆磚瓦模子的那間屋子裏。一轉過工人住屋，就看到從敞着的門裏，鋪出一方渾黃渾黃的燈光。

白天來運磚時，聽說棺木甚麼的，都已準備齊全，只等法醫下來驗屍，就可以成殮。老狗仔不知情，硬拖着他來看死人。檳榔仔不要看，「裝車要緊哪，死人有甚麼好看，臭肉一堆……」他是要等裝了棺再來燒把紙，似乎隔一層木板總要好過一些。

想到這麼樣的暑天，不自覺的摀住鼻子。也不知是誰在裏面守靈，他傍着門邊，偷偷試過小半個臉去刺探。

紅漆棺停在靠牆的一邊，給他一驚，但在屋子當中又設着供桌靈位。在靈位後面，灰濁濁的帆布幔子，見方的圍住一圈，屋子裏不見一個人影。

檳榔仔正想推測是否停屍在帆布幔子裏，還沒有驗過屍成殮，忽然發覺那幔子裏頭有個甚麼在動，頭皮跟着一緊。

一對白蠟燭和香爐裏的幾根線香，看樣子都是才換的。燒紙的砂盆子裏盡是紙灰，似有若無的還在流着一線線煙絲兒。他以為是自己看走了眼，用這個安撫自己。但是不明白，既沒有裝棺，為甚麼也沒有人在這兒守屍，萬一給貓呀老鼠的驚成殭屍，那可不是玩兒的。

檳榔仔嚇一下乾得黏死了的喉嚨，輕輕的提起前脚待要撤退，這一次他可千真萬確的沒有看走眼，帆布上緣露出一塊白的甚麼。但只露出那麼一下下，又沉下去，這才他忽然想起，連忙看看帆布幔子的底緣——那裏有離地約莫大半尺高的空檔。

就在那底下，一雙好長的大脚，一動不動的木立在那兒。屋頂六十燭光的燈泡，直上直下的照進幔子裏，地上碎落的燈光裏，可以辨出那雙脚上穿的是日本式分趾兒叫做草鞋襪的橡膠帆布鞋。

十有八九，他猜出那是誰。但猜不出那個人躲在裏頭作甚麼。

點着脚尖，像隻鷺鷥，檳榔仔悄悄走進去，繞到那人背後。幔子只有檳榔仔的下巴那麼高，他弓着身子挨近去，然後試着打太極拳那樣的慢慢直起身來，直到眼睛升到帆布幔子的緣口。

一柄螺絲起子撬在死者的嘴裏。握住螺絲起子的手還在蹩來蹩去的撬着，那隻手用力用得發抖。而另一隻大手，則握住一柄萬能刀等在一旁。萬能刀複雜的刀槽子裏挺出開罐頭小刀，像是一隻手在指着一個甚麼方向，或者在指責着誰。

和頭一天下午那個光景一比，姓賈的真算是死活都咬緊了牙關不肯開口。

人雖背朝着他，頭上纏着白紗布，檳榔仔仍還是一眼就認得出來那是阿螺。螺絲起子用力過度，忽的撬滑了，發出嘎的一聲，死者腦袋失去機能的扭轉了一下。

檳榔仔幾乎跟嘎的那一聲的同時，彷彿其間有個甚麼機關相連着，他縮下身子，憋住了氣，不出一聲的半蹲着。

幔子裏面，阿螺似乎也按兵不動的停下來。

帆布幔子上印有汽水廣告，和貨車的方向盤一般大的汽水瓶蓋，頂在檳榔仔臉前。頂得太近的緣故，不一下就把眼睛擾花了。

幔子裏頭重又綷綷縩縩的動着，動着，間有阿螺有些鼻塞的喘氣。檳榔仔就那麼的半蹲着，好似周身的骨節都已生銹，站起或者全蹲下去，都會像開一扇活頁銹了的門，不知要澀巴巴的磨出多大的響聲。

但是很無來由的，帆布貼近鼻尖，發出一股陰雨潮濕的天氣裏新汗壓陳汗的衣衫上那種積存的氣道，反使他心安的很；一如他這麼樣吃力的姿勢，似乎生來就該是這種體形，一點兒也不覺得怎麼不安頓。有他阿螺這樣子死人嘴裏挖金戒指，就再用不着他來吃緊了。

混紡料子的緊身長褲，大腿腋裏縐縐的勒得很緊，他不用用手去摸，就能清清楚楚覺得到骾在大腿上的那枚戒指，挺硬的墊在那裏。

重又把眼睛升到幔子上緣的時候，他看到開罐頭的小刀，正在死者的一排金牙上挖着。好似聞到一種甚麼氣味，若有若無的，方才並沒有聞見，近乎生了紅黴的發糕，或者爛黑了的木瓜，但是認真的嗅嗅，又覺着仍然是帆布幔子的氣味，或者本來就是自己的鼻子在疑心。

檳榔仔回頭看看靠牆的空棺。屋子裏收拾得很空，所有那些磚瓦模子種種傢什都已清除出去，阿螺刮着死者金牙的響聲，在這麼一間空屋子裏，簡直震得出回聲來。再看看姓賈的，臉被阿螺的手擋住一部分，平等式的頭髮髮根裏，隱約的還積有一些血斑，身上仍是到處染了紅磚粉的髒衣，兩隻赤脚已經變形，跳脚尖舞的那種形狀。

聽說姓賈的沒等抬上汽車，就斷了氣。檳榔仔一直安慰自己，磚頭怎麼會打得死人？姓賈的是死在阿螺那雙老虎鉗子似的手裏。從他一躲到幔子外頭窺探起，就一直想能看清楚姓賈的脖子。但是，不是被阿螺擋住，便是那一雙大手的影子遮出黑黑的一遍，直到此刻才算看清，可不是在顎拐子那裏，有些個暗紫的斑？就像上了寒火，揪得瘀血那樣。只怕瞞不過法醫來驗屍罷。

他知道，這個當兒要是喊他阿螺一聲，準能把他嚇得一跳三丈高。但他還是忍耐着，直等到阿螺硬是把那一排四顆金牙冠子撬下來，蹦出一道弧線，不知道落到死者胸上還是哪兒，然後阿螺把它撿起來，就着燈光細細的看，湊近鼻子嗅嗅，這才檳榔仔忍不住冷笑出來。

阿螺這一驚駭，整個地球都跟着翻一個筋斗，着實嚇得半死，金牙也不知掉哪兒去了。

「你真是啊，媽底；人不死，債不爛，你這是——人死了，還——」

「你還不是想來……想來……」

「來遲了一步，」檳榔仔接過來說，把手裏的冥紙跟阿螺亮了亮，順手放到供桌上。「金戒指讓你搶先摳走了，是麼？」

「幹你，你怎麼知道？」

「別管我檳榔仔神機妙算，媽底，見到面，分一半。」他把手從幔子上面伸過去，手心向上的等着。

「跟你賭咒——」

「你連媽底金牙都不放過，你還放過金戒指？」

一語提醒了阿螺，連忙蹲下去，找那併連的四顆金牙冠子。

姓賈的屍首，現在是一無遮掩的平放在面前。人一死了，就這麼規矩；如人一死了，就一定要挺到支得這麼高的枱子上。平時，姓賈的、姓賈的喊着，不覺得怎樣，你是你，我是我，又不共一個煙囱冒煙的。就算是早晚空車路過圓環，一齊跳下車，共兩盅紅露酒加白糖，魚翅羹，蚵仔煎甚麼的，也和酒後跑去保安街胡鬧鬧，都是一樣的露水交道。

如今雖是陰陽一道線把生死隔開了，倒不如說正是那一道線把人綰上了。即便姓賈的這一死，跟他檳榔仔全不相干，但是活人站到死人跟前的那種悽惶，空滅，誰也不能不心動。正是老阿婆說過的話：遇見送親的心熱，遇見送葬的心冷。

姓賈的嘴巴半張着，怕是阿螺那樣的硬撬，把顎骨哪兒的扣榫給撬掉了，再也合不攏去。陰影裏看不十分清楚，門牙的牙肉似乎爛糟糟的，不知是被萬能刀糟蹋成那個樣子，還是已經顧自的爛了。人有時睡得很甜，也會把下巴睡掉下來，像姓賈的這樣，就只是活人的嘴唇萬沒有這樣的黑青而無聲無息……。

檳榔仔不敢再看，轉到靈前燒他的錫箔和冥幣。

這才檳榔仔知道姓賈的全名。靈牌前供着四色青果，鳳梨、香蕉、黃香瓜、白李子，好像髒兮兮的都曾被死人摸弄過。就着蠟燭，點起一叠五六張冥幣，放到火化盆子裏，接着一叠叠的往火裏續紙。也不知是唸給死者，還是唸給自己聽，不住的咕噥：「賈鎮塗嗳，快來拿錢用，我跟你賈鎮塗說不上交情，知道你要錢用，閻羅殿的小鬼要打發……憑你一個假金戒指，我沒有佔你便宜，人家連你金牙都扒下來，我算對得起你賈鎮塗了……」火烤得人出汗，瞅着火舌頭把冥紙一張舔進嘴裏去，想起吃山楂紙酸酸的滋味，一口口的抿着，化進嘴裏，恍惚的看到姓賈的伸過黑青的嘴唇來，把冥幣一叠叠的抿進嘴裏。

「你說有多奇怪，找不到。」阿螺從帆布幔子後面出來，甩甩一雙空手說。

檳榔仔臉上跳着捉摸不定的火影，翻起白眼望着阿螺，手底下顧自往火化盆子裏續紙。

「你不要在我面前藏尾巴，媽底，我才不要你的臭金牙。」瞪着阿螺老半天，他才冷冷的說。

「騙你作甚麼？幹你，要不是你關照，我要坐牢了。」

「你也知道！」

「我尹阿螺，知恩報恩，有仇報仇——」

「媽底，金戒指呢？」紙燒完了，撲撲手，檳榔仔站起來。

「你這個鬼仔！」

「對罷？又想瞞着我。」

「除非他吞進肚子了。他是吞金死的，不能怪我。」

檳榔仔不作聲，手伸進褲子口袋裏摸。

「我是有仇報仇；」阿螺輕輕的撫摸着頭上紗布。「把我打成這樣，又把我金子吞了，我饒過他？要能那樣做，我恨不能破開他肚子，把——」

「這個呢？」檳榔仔把那枚戒指托在手心裏，直送到阿螺鼻尖上。「明明是你把他勒死的，媽底，還吞金！」

阿螺的一對眼睛，立時成了金子做的，亮着閃閃金光，伸過手來搶去檳榔仔手裏的戒指。

「夠交情了罷，阿螺？你到哪裏去找我檳榔仔這樣夠朋友的？」

「對半分，幹你，我尹阿螺也不是他姓賈的那種人——要錢不要朋友。」阿螺回過頭去，從幔子上面看一眼姓賈的。

「你算了。甚麼對半分？我要是獨吞了，鬼才知道！」檳榔仔撇撇血盆大嘴，然後貼近阿螺的招風耳朵，挺體己的說：「為朋友想，我倒替你擔心，這個——」他指指死者，再指指自己脖子底下，「怕有麻煩；驗屍這一關哪……」

「這你放心，驗過屍了，死亡證書簽過字了。只等他老婆打南部趕來成殮。」阿螺一臉的感恩圖報的難堪，說着，搓着手，手裏是那枚金戒指，不知說甚麼好，難堪的望着檳榔仔。

「你這個朋友，我要交到死。」阿螺搓着一雙大手說。

或然之三

天是要落雨，氣壓低低的沉在人腦門上。

整個晒磚場上，雲一陣，太陽一陣；看得見的，一遍雲影，或者一遍日光，打瓦窰上漫過來，打一排排的磚坯子上漫過去，橫穿過公路，直奔新綠的稻田，奔向遠處起伏的藍色山麓。然後在那邊山麓形成陰一塊、晴一塊的花斑。

扯東到南的天邊上，如刀裁那麼整齊的黑雲下面，泛白的灰濛濛一片，望不到邊際，雨是挺正經的在那裏擺下陣式，摩拳擦掌的打着閃光，等不及要上場。晒磚場上男女工人，一齊出動給磚坯子蓋上稻草和塑膠布，再在稻草和塑膠布上壓上木槓子或者磚頭。

卡車倒到位置上，窰上謄不出人手來裝車，正逗老狗仔的胃口。女工們斗笠底下遮一層毛巾，小腿小臂也都裹着套子，但是老狗仔扠着腰停在場邊上，略略的一打量，還是認得出——不如說是嗅得出，或者雷達得出——哪一個有味道。晃着膀子逍遙過去，跟那個阿甚麼的，他也記不清，從「考妣考妣」之類開始，合夥兒扯起一長塊塑膠布，罵着鬧着，四個角兒繃緊，抖了再抖，實在用不着那樣平整，又不是套被子。但是老狗仔存心用得着，抖得阿甚麼的又是「考妣考妣」的配音着。

檳榔仔已經看慣了這些，看見也當作沒有看見。氣壓低，煙很沉重，一冒出煙囪就沉沉的軟下來，滿場子的煤煙臭。檳榔仔也是老遠的就認得出來，哪個是阿螺，哪個是姓賈的，兩個頭下都綁着白紗布，雖然姓賈的又在白紗布頂上罩着一頂淺灰的鴨舌帽。

帶着營造廠老板當作慰問品的一打毛巾，送給阿螺和姓賈的一人半打。好像那兩個一直血流不止，等着要這麼多的毛巾擦血。

毛巾很厚實，很吃汗。檳榔仔有些不甘心，若不是上面印着營造廠的招牌，他得賣掉，另外買一打少兩百個線頭的嫪一些的毛巾，來打發這兩個該死不死的小子。

「這半打是阿螺的。」檳榔仔掂掂另一隻手裏的一疊毛巾，再伸長了脖子喊那邊的阿螺。

「真多謝你們老板，真多謝啦……」姓賈的直拱手。

檳榔仔把黑眼珠趕到眼角裏，睨着姓賈的，一臉的不悅。可見姓賈的長年跟磚頭交道，腦子也成了磚頭。不謝他一聲，或者回送他一兩條毛巾。本來就不曾想把那枚戒指還給他，此刻倒要耍耍這個磚頭腦子的傢伙。

「還有你要謝的——」檳榔仔伸到褲口袋裏摸索。「媽底你嘴裏含着的東西呢？」

「甚麼？我嘴裏？」

這個傻蛋把口張開，拼命的張得很開，一條被厚厚的白色舌苔糊住的大舌頭，堵在當門給他看。「嘴裏有甚麼，你說？」

檳榔仔拿他沒奈何的轉過臉去。但又不能不理他，沒有好聲氣的齜出一口醬紫色的亂牙，頂到姓賈的精瘦的鼻尖子上，大聲的吼着：「你叫阿螺搦住脖子沒有挖出來的，你忘啦？啊？媽底！」

「金——金戒指，你說？」姓賈的眼睛瞪有金鐲子那麼大。

「到底是誰的——你的，還是阿螺的？」

「兩人合夥買的。」

「媽底，你想獨吞是不是？」檳榔仔瞪起一雙牛眼。但是心裏倒又罵起自己來：你這是憑着甚麼吃味！

「甚麼獨吞？阿螺他沒有出錢，只說一聲算他一份。沒有便宜到這樣的……」

「我不信，阿螺有這樣的不講道理。」

「就是不講道理麼。」

「你不是在銀樓買的。」檳榔仔很肯定的說。提起銀樓，又一陣子惱羞起來。

「來路不明，媽底，我知道。」

姓賈的很佩服的承認，似乎覺得沒有甚麼可隱瞞，也許沒有想到要隱瞞甚麼，又也許認為正好抓住一個人物訴訴苦，給他主持正義。

他說，有天傍晚，公路上一個趕路的老頭湊近來，挺和氣的堆着一臉甜嗦嗦的小笑。他倆——他和阿螺，正用煤碴在那兒墊路，以為老頭子過來問路；沒見過放着現成的公路局巴士不坐，這麼遙遙忽忽用兩條腿趕路的人。如今兩條腿實在不值甚麼錢了，不是嗎，趕死趕活的二三十里，走上長長的大半天，折合車票，不值兩三塊錢。

「很忙噢，兩位……」老頭子搭訕着，揹着一個看不出裏面是些甚麼的包袱。

他倆沒有怎樣注意，也沒回應甚麼。

「兩位看看呢，這是個金戒指麼？」

兩人不在意的瞟上一眼，老頭子一臉的土相，笑也笑得很土，兩個指頭捏着一枚黃亮亮的小圈圈。

「就在那邊路口上拾的。」用捏着戒指的手，指指福記磚窰那邊。老頭子上下門牙都各缺了兩顆，說話不大關風。

阿螺接過戒指去，細看了一陣，又托在手心裏掂掂重，不很拿得定的咧開嘴巴。

「我來看看，」姓賈的接過來，裝做很內行的送到嘴邊上，輕輕的咬了咬。

「我是認不出，」老頭子一旁候着，望望這個，又望望那個。「乾脆，送你兩位，我也不懂。」

姓賈的連忙還給老頭子。

「我要它作甚麼呢，拾來的，或許是假的，也說不定，是罷？」老頭子土得很可憐，而且為了本身無可奈何的土，很有些抱歉。「我要它也沒有用，是罷？兩位，嘿……」笑着掉下牙的鬆嘴巴，要走不走的樣子。

「也不能白白拿你的，是不是？」姓賈的有些心動，回過頭來跟阿螺商量，決定一人出十元，給老頭子二十塊錢，把老頭子打發走。

「二十塊是我出的，」姓賈的說。「跟他要十塊，他不給。他要賣掉，平半分，再扣去他十塊，有道理麼？你說？」

「噢，我懂，阿螺不肯出十塊錢，你就要獨吞。」

「全部我出的錢，自然是我的，誰叫他十塊都不肯出？怪我麼？」

「怎麼辦？媽底，金戒指在我手裏……」等候阿螺走近來，檳榔仔亮出那枚戒指。半打毛巾飛了阿螺，分分他心。

「你信了罷，你信了罷，」姓賈的衝着阿螺死叫。然後一把拖住檳榔仔，當做新認的親一般，「他還死賴硬賴，賴我藏了起來，把我榻榻米都割出一個一個破口。」

「幹你……」

揉揉乾瘦的鼻子，姓賈的裝作沒有聽見阿螺亂罵，忙着跟這位新親打商量，小眼睛老瞟着檳榔仔攥住金戒指的手。「這樣好嗎？你出十塊，我跟你對半分。」

一句話又把檳榔仔惹火了，「我出十塊？我發瘋了。要是我想獨吞，早賣了，媽底，還趕來跟你商量？誰也沒看到我從你脖子底下掐起這個。媽底，你知不知道，知不知道！」

為着要叫姓賈的這個欠揍的傢伙再挨一頓狠揍，為着出出金利銀樓的店員們羞辱他賣假金戒指的那一口冤氣，為着還有另外一些理由，例如委屈之類，檳榔仔把姓賈的髒手拉過來，金戒指拍到他手掌心裏，並且扳攏他的指頭，幫助他緊緊的攥住。

「夠朋友嗎？媽底！」

檳榔仔笑笑他的紅嘴，走開，給一旁的阿螺遞過一個眼色。

煉磚的煤煙貼地滾過來。疏疏的，大大的雨點，那麼着力的打下。

那兩個又幹開來……
先是吵嘴，然後又來了武的。

或然之四

……
……

一九六九年七月十二日于內湖

跋

我的城堡非是黃金所砌，堡內也無一粒寶石，一方白玉，然而奈何我的脈管裏川流着日多一日的貴族，我被自我追命一般的提升，沒有甚麼無可如何之感，毋寧是一種醒覺，發自生命的刻意，凌駕紅塵而越發的紅塵，我的脚步乃更踏實。

誠然我的筆不再安分于蒙恬時代，便也從不曾驅使過兩種病的色彩；或者不如直認我的世界裏從不曾有過那兩種調子。因此我被指責。我的民族啊，不用你們擂鼓吶喊，我可使我的子民知之，我被指責着我的城堡裏沒有社會，並且化外于現代。我必須召示你們，如果財富是一種罪惡，我將帶領你們去就神聖的貧窮麼？昔日那個流氓既不經辯護而給財富定罪，妖言惑眾，一時景從，以至三十年代皆普羅，也是一番艷若桃李，我實不知爾後作何去向，也不知所終。一覺醒來，皇皇天光，于是有蜀犬者衞道，捨吠日而吠土起來。這却不很費解；只因那個流氓曾以土為鉛華，為臙脂，據此而吠你入罪。于是復有見責，指你土得這樣，必定不解現代風情，不寬衣以就現實。于是更有明朗也者，聲色也者，平民化也者，種種，種種，要之流行而已，便是決不寬容你的日趨淨界，怎許你貴族起來！于是充耳皆是：下降啊下降！喤喤如此，所謂指責無非盡在此中了。

然而我可高枕，學三白以煙代雲，以蚊為鶴，我無他求。我的城堡仍無時不在向高處建造；野心不在能否沖霄入雲，但是起碼我有我的捍衛。設若我不為我的城堡善養智慧而外禦愚昧，我豢飼我的兒女豈是為着追肥！城樓上更夫的梆子總非木魚可比，只此便足以表白一切。

至于有一輩同胞不再信賴民族生機，以漢唐為極限，自認無復超越，適在千萬太息之時，乍見一座城堡，建造的樣式新得炫目，見所未見，聞所未聞，但因一無所本，查不出一個出處來，便覺有些異類。天可憐見，那樣費心的尋親覓宗，似乎誓必搜出血統書而後甘。乃在異國族譜中找來祖先一或二人不等。這也不必見怪了罷；井口的直徑豈不大于瞳孔多多！你怎可忍心說他所見不廣？

也罷。我只怕我鼓盆的歌聲太為細弱，請容我這嗄啞的嗓子呼喚罷——

魂兮，歸來！

附錄

評介

珍貴的因緣

舞鶴

之所以特意來這裡，因為和朱西甯先生有一段非常個人性但珍貴的因緣，我覺得我有必要在這邊將這一段因緣公開說出來。

我的中學時代從一九六三至一九六九。一九六三年時，《狼》和《鐵漿》都已經出版了，但我得到了中學時代後期尤其是高中以後，才比較有能力去讀較深奧的作品，因此我會先接觸到的是一九六七年出版的《破曉時分》與出版前後在雜誌上發表的作品。我家並不是像朱家一樣的書香世家，而是一個簡單的商人家庭，沒有一本文學書，我所能讀到的文學作品也就集中在學校班上因應政策訂閱的《幼獅文藝》和《皇冠》這兩本雜誌上。我在這兩本雜誌上讀到許多作家的作品，包括瓊瑤與司馬中原，但對我而言最重要、具有決定性影響的就是朱西甯先生的作品。透過朱西甯先生作品的質和對文字的運用讓我在那樣對文學還沒有太多認識的年代裡認知到純文學是怎麼樣的面貌，它和大眾文學作品如何地不同。也許在當時特定的時空背景下，某些作家的寫作是被壓抑的，但我現在已經可以確定地說朱西甯是我認識的六〇年代裡最好的純文學作家。

後來，進了大學，當然還是讀朱西甯的作品，但讀更多的是王禎和、王文興、七等生這一輩作家的作品。王禎和這一輩作家的東西可能是當時我做為一位大學生所必要讀的台灣作家。同時，也必須去讀許多所謂世界名著，文學求知欲的渴望之巨大已非中學時候的我能相比。一九七五年大學畢業到一九七九年，在台北唸研究所的期間，讀到〈將軍與我〉與這前後發表的小說、散文，我對朱西甯先生的作品突然產生了一種疑惑。我感到有些詫異的地方：以我當時對文學已具的認識，朱西甯在歷經多年的文學書寫之後已經達到一定的文學成就，在文字藝術與內容重量都處與一個巔峰的狀態，為什麼他卻在這時對文字做了一個巨大的翻轉？假如，他原先對文字要求的標準是傳統書寫所要達到的精準這個最高標準，這時他卻拋棄了精準，把原本接近完美的文字打碎後重新拼貼，或者將原來會非常精準的句子拉長扭曲到一種無法閱讀的雕琢程度。我想，在台灣當時的作家裡，唯一還會在達到巔峰之後在文字與藝術形式上做如此巨大轉變的就屬朱西甯。

這樣一直讀到一九七九年出版的《八二三注》，一九七九年去當兵，一九八一年退伍後整整十年待在淡水，這期間沒有再讀過朱西甯的任何作品，但這個疑惑仍不時會浮上我的心頭。有機會讀到胡蘭成的《今生今世》，我非常相信以胡的文字魅力及其所營造的人生情境在整個六、七、八〇年代的文藝青年讀來絕對是無與倫比的，當時我懷疑朱西甯是否亦受到胡的影響，一個質那麼沉（我不喜歡用嚴肅、主流、正統作家這三個字眼）的作家可能會受到胡蘭成的影響嗎？我當時肯定這應該是可能的。由於那十年裡我過著一種非常個人的生活，幾乎沒有和人有過真正的交談，只是不斷地閱讀、寫一些實驗性的東西，亦無發表欲望，因此這個問題只好一直存在我心中。直到九一年離開淡水，決心重新發表作品，但我一向是個碰上文學方面的問題便藉由更多的閱讀去尋找答案與解決辦法的人，因此也沒有向任何人提起這個問題。

二〇〇一年年底我正要完成一本關於淡水的書，寫作期間每天很自然地朱西甯就會浮上我的心頭，由於長時間以來甚至在人群中我也總是單獨一個人的狀態，和人僅止於買東西打交道，但對於朱西甯先生在我寫作時來，我心裡卻沒任何疑問與奇怪的感覺。他來，我對他亦無任何提問，他停留多久我也不知道，我寫我的，他走了我也沒察覺。整整三個月我沒有向自己問到為何在書寫淡水時朱西甯先生要來？這是寫其他作品時從來沒發生過的，甚至在我書寫時也從來未出現其他的台灣作家。

《舞鶴淡水》出版時的發表會上，二〇〇二年初，我第一次遇到朱天心，一起喝咖啡時我終於問她當年朱西甯先生在文字藝術形式上的激烈轉變會不會是受了胡蘭成的影響？她頓了一下，說大概是吧。這一兩年在東海岸，我卻慢慢開始認為應該不是這樣。多年以來我處理問題與事情的方法和一般知識分子並不一樣，我習慣不用思考和分析的方式來解決，而往往把它放在心裡底層，放久了等潛意識（多年來生活、閱讀和觀看的經驗所累積成的潛意識底層）自己來處理它，而解決之道就會慢慢乃至有一天清晰地浮上來。今年或去年下半的某一天吧，它浮上來了，清楚地告訴我說朱西甯先生當年的轉變並不是受了胡蘭成及其人生情境的影響，而是一個藝術家到達巔峰之後，不滿足只是一再停留或反覆在那個巔峰上，因此當時他那些實驗性的改變是為了創作本身的求新求變。書寫淡水時他會來，也許是因為當時我在自覺或不自覺中正做著和他能夠相類比的事情。他被放在我心裡那麼多年，在那兩三個月之間，他每天來看看我，覺得好像還不行，回去了，明天再來……，一直到我寫好作品。

這個疑惑帶給我後來書寫時非常奇妙的經驗，想起時總覺歡喜，這是一個珍貴的因緣。

——二〇〇三年《紀念朱西甯先生文學研討論文集》

朱西甯作品出版年表

◆小說類

短篇

作品	時間	出版社
1 大火炬的愛	一九五二年六月	重光文藝出版社
2 鐵漿	一九六三年十一月	文星書店
	一九七〇年四月	皇冠出版社
	一九八九年七月	三三書坊
	一九九四年三月	遠流出版公司
	二〇〇三年四月	印刻文學出版社
	二〇一八年十月	九州出版社（簡體版）

3 狼	一九六三年十二月	大業書店
	一九六六年十一月	皇冠出版社
	一九八九年九月	三三書坊
	一九九四年三月	遠流出版公司
	二〇〇六年四月	印刻文學出版社
	二〇二一年五月	北京日報出版社（簡體版）
4 破曉時分	一九六七年二月	皇冠出版社
	一九八九年十二月	三三書坊
	一九九四年二月	遠流出版公司
	二〇〇三年四月	印刻文學出版社
	二〇二一年四月	河南文藝出版社（簡體版）
5 第一號隧道	一九六八年十月	新中國出版社
6 冶金者	一九七〇年四月	仙人掌出版社
	一九七二年四月	晨鐘出版社
	一九八六年十月	三三書坊

	二〇二一年十二月	印刻文學出版社
7 現在幾點鐘	一九七一年二月	阿波羅出版社
8 奔向太陽	一九七一年十二月	陸軍出版社
9 非禮記	一九七三年五月	皇冠出版社
10 蛇	一九七四年七月	大地出版社
11 朱西甯自選集	一九七五年一月	黎明出版社
12 春城無處不飛花	一九七六年五月	遠景出版社
	一九七九年五月	三三書坊
	一九八九年三月	遠流出版公司
13 將軍與我	一九七六年八月	洪範書店
14 將軍令	一九八〇年一月	三三書坊
	一九九四年三月	遠流出版公司
15 海燕	一九八〇年三月	華岡出版社
16 七對怨偶	一九八三年八月	道聲出版社
17 熊	一九八四年七月	皇冠出版社

18 牛郎星宿	一九八四年八月	三三書坊
19 新墳	一九八七年八月	文藝風出版社（香港）
20 朱西甯小說精品	一九九九年五月	駱駝出版社
21 現在幾點鐘——朱西甯短篇小說精選	二〇〇五年一月	麥田出版社
22 加減乘除	二〇二一年十二月	印刻文學出版社

長篇

作品	時間	出版社
23 貓	一九六六年十一月	皇冠出版社
	一九九〇年八月	三三書坊
	一九九四年二月	遠流出版公司
	二〇二一年十一月	印刻文學出版社
24 旱魃	一九七〇年四月	皇冠出版社

	一九九一年三月	三三書坊
	二〇〇五年六月	印刻文學出版社
	二〇一八年十月	九州出版社（簡體版）
25 畫夢紀	一九七〇年八月	皇冠出版社
	一九九〇年七月	三三書坊
	二〇二一年十一月	印刻文學出版社
26 春風不相識	一九七六年八月	皇冠出版社
27 八二三注	一九七九年四月	三三書坊
	二〇〇三年四月	印刻文學出版社
28 獵狐記	一九七九年七月	多元文化公司
	一九八四年二月	三三書坊
29 林森傳	一九八二年六月	近代中國出版社
30 茶鄉	一九八四年十月	三三書坊
31 華太平家傳	二〇〇二年二月	聯合文學出版社

中篇

作品	時間	出版社
32黃粱夢	一九八七年七月	三三書坊

◆散文類

作品	時間	出版社
33鳳凰村的戰鼓	一九六六年七月	台灣省新聞處出版部
34朱西甯隨筆	一九七五年六月	水芙蓉出版社
35曲理篇	一九七八年九月	慧龍文化公司
36日月長新花長生	一九七八年十二月	皇冠出版社
37微言篇	一九八一年一月	三三書坊
38多少煙塵	一九八六年六月	台灣省訓團

◆其他

作品	時間	出版社
39紀念朱西甯先生文學研討會論文集	二〇〇三年五月	聯合文學出版社
40台灣現當代作家研究資料彙編朱西甯	二〇一二年三月	國立台灣文學館

INK PUBLISHING

朱西甯作品集 08

冶金者

作　　者　朱西甯
總 編 輯　初安民
責任編輯　陳健瑜
美術編輯　陳淑美　黃昶憲
校　　對　呂佳真　朱天文　朱天衣　陳健瑜

發 行 人　張書銘
出　　版　INK 印刻文學生活雜誌出版股份有限公司
新北市中和區建一路249號8樓
電話：02-22281626
傳真：02-22281598
e-mail:ink.book@msa.hinet.net
網　　址　舒讀網 http://www.inksudu.com.tw

法律顧問　巨鼎博達法律事務所
施竣中律師
總 代 理　成陽出版股份有限公司
電話：03-3589000（代表號）
傳真：03-3556521
郵政劃撥　19785090 印刻文學生活雜誌出版股份有限公司
印　　刷　海王印刷事業股份有限公司

港澳總經銷　泛華發行代理有限公司
地　　址　香港新界將軍澳工業邨駿昌街7號2樓
電　　話　852-2798-2220
傳　　真　852-2796-5471
網　　址　www.gccd.com.hk

出版日期　2021年 12 月 初版
ISBN　978-986-387-435-5

定價　300元

國家圖書館出版品預行編目(CIP)資料

冶金者／朱西甯 著.
--初版. --新北市中和區：INK印刻文學，2021. 12
面； 14.8 × 21公分. --（朱西甯作品集；08）
ISBN 978-986-387-435-5（平裝）

863.57　　110007622

舒讀網

紅遍海出版中心 贊助出版